*

若问心灵为何物，
恰似画中松风声。

...

かわばた　やすなり

美丽与哀愁

美しさと哀しみと

[日] 川端康成 著

陆求实 译

時代文藝出版社
SHIDAI WENYI CHUBANSHE

图书在版编目（CIP）数据

美丽与哀愁 /（日）川端康成著；陆求实译 . —长春：时代文艺出版社，
2020.9（2023.3 重印）

ISBN 978-7-5387-6470-3

Ⅰ . ①美… Ⅱ . ①川… ②陆… Ⅲ . ①长篇小说－日本－现代 Ⅳ . ① I313.45

中国版本图书馆 CIP 数据核字 (2020) 第 124875 号

出 品 人　吴　刚
责任编辑　杜佳钰
监　　制　黄　利　万　夏
特约编辑　邓　华　丁礼江
营销支持　曹莉丽
版权支持　王秀荣
装帧设计　紫图装帧

美しさと哀しみと：
UTSUKUSHISA TO KANASHIMI TO
by KAWABATA Yasunari
Copyright © 1965 The Heirs of KAWABATA Yasunari
All rights reserved.
Original Japanese edition published by CHUOKORON-SHINSHA, INC.
Chinese (in simplified character only) translation rights arranged with
The Heirs of KAWABATA Yasunari, Japan
through THE SAKAI AGENCY and BARDON-CHINESE MEDIA AGENCY
吉林省版权局著作权合同登记　图字：07-2020-0085

美丽与哀愁

［日］川端康成　著　　陆求实　译

出版发行 / 时代文艺出版社
地址 / 长春市福祉大路5788号　龙腾国际大厦A座15层　邮编 / 130118
总编办 / 0431-81629751　发行部 / 0431-81629758
官方微博 / weibo.com / tlapress
印刷 / 艺堂印刷（天津）有限公司
开本 / 889毫米×1194毫米　1 / 32　字数 / 160千字　印张 / 7.25
版次 / 2020年9月第1版　印次 / 2023年3月第4次印刷　定价 / 55.00元

目 录

除夕夜的钟声

东海道线特快列车"鸽子号"的观光车厢^①内，大木年雄注意到，靠着那边的车窗，并排设置着五张转椅，但只有其中最边上的一张随着列车行进的震动而静静地旋转。他的视线被这张座椅吸引了过去，久久收不回来。大木乘坐的这边有着低矮的扶手的座椅是固定不动的，自然不会旋转。

观光车厢内只有大木一名乘客。大木深深地窝在扶手椅中，凝视着对面转椅中那张孤零零旋转着的椅子。那张椅子并不是按一定的方向和速度旋转，而是时快时慢，有时候停下，有时候又反向旋转起来。不管怎么说，车厢内只有一张转椅，在大木这名唯一的乘客面前孤零零地旋转，这一幕勾起了大木心中一隅的黯寂，种种思绪曳曳而生。

---

① 观光车厢：日本列车中一种独特的车厢设计，大部分座位面向巨大的观景车窗，可以观赏到一路的自然景色。——译者注，以下同。

1

今天是二十九日，挨近岁末。大木是前往京都去聆听除夕之夜的钟声的。

大年三十收听收音机中播放的除夕之夜的钟声，这一习惯已经持续好几年了。这个节目是几年前开播的，自那以来，大木就从未间断过收听。除了能听到日本各地古寺名钟的鸣响，节目还配有播音员的解说，节目播出过程中，旧的一年逝去、迎来新的一年，因而播音员的解说词往往都很优美，声音也像咏叹调似的极富抒情性。随着稍有间隔、连续不断的撞击，古旧的梵钟发出的低沉钟声以及袅袅余音，让人联想到光阴的流逝，呈现出往昔日本的古雅韵味。通常是先播放北国古寺的钟声，然后是九州的钟声，但每年除夕无一例外都是以京都古寺的钟声收尾，由于京都古寺众多，有时不得不将几个古寺的钟声编辑在一起同时播放。

播放除夕之夜钟声的时候，妻子和女儿或在厨房里准备年夜饭，或打扫收拾屋子，或试穿新年和服，又或者布置插花，总之不停忙碌着，而大木则端坐在客厅，悠闲地听着收音机。除夕之夜的钟声，让大木回首逝去的一年，催生出诸多感慨，每一年的感慨不尽相同，有时是激昂的，有时是苦涩的，还有时是懊丧和自责的。尽管播音员的解说词以及感伤的声音有时候难免令他感到讨厌，但那钟声却实实在在回荡在他的胸中。他很早就开始有了一个心愿：什么时候去一趟京都，大年三十亲耳聆听一次京都古寺的除夕钟声，而不是通过收音机来听。

于是这年岁暮，他突然打定主意动身前往京都。当然，也有和京都阔别多年的上野音子见上一面、二人一同聆听除夕钟声这种潜意识起了作用。音子自从搬到京都之后，和大木就几乎断绝了音讯，现如今，她作为一名画家已经自成一格，好像至今仍过着单身一人的生活。

由于是突然冒出的念头，加上预先确定日期、购好特快列车的车票这种做派不符合大木的性格，他没买特快车票便从横滨站直接登上了"鸽子号"的观光车厢。尽管时近岁末，东海线的乘客想必相当混杂，但观光车厢上的老服务员是老熟人了，总能想办法补一张票的。

"鸽子号"中午稍过分别从东京和横滨发车，傍晚时分抵达京都，返程也是中午稍过才从大阪和京都发车。这对早上晚起的大木再合适不过了，他每次往返京都总是乘坐这趟"鸽子号"，二等车①上那些当班的姑娘们和大木也都有几分稔熟了。

上了车才发现，二等车出人意料非常空。大概是岁末前夕二十九日的缘故，所以乘客较少，等到了三十日、三十一日，就该相当混杂了吧。

大木凝视着那张孤零零旋转的椅子，眼看就要沉浸于关于命运的思考之中，就在这时候，老服务员给他端来了一杯煎茶。

"这车厢就我一个人？"大木问道。

"哦，有五六位乘客呢。"

"元旦会很拥挤吧？"

---

① 特快列车分为一等、二等和三等的时候的二等车。

"不挤啊，元旦空得很。您是元旦返回吗？"

"是呀，元旦那天不回的话……"

"那我就按这个给其他人传个话，因为元旦那天我不当班……"

"那拜托了！"

老服务员离开后，大木向四下巡视了一遭。最边上那张带低矮扶手的座椅脚下，放着两只白色的皮包，四四方方的，皮质看上去稍薄，是个新的款式。白色的皮上印有浅褐色的纹样，日本没有看见过，应该是高档货。椅子上还搁着一只豹纹的大号手提包。包的主人或许是一对美国人，此刻大概到餐车去了。

车窗外是浓浓的带着暖意的烟霭，成片的杂树林划过烟霭向后逝去。烟霭上方，远处的白云泛着一层微光，乍看就像是从地面照射上去的光。随着列车行进，天气渐渐晴朗起来，透过车窗照进来的光线射至车内很远的地面。列车驶过松山山脚时，眼前出现了一大片松叶；还有一丛竹林，竹叶枯黄；闪着粼粼波光的海浪拍打着黑乎乎的海岬。

那对美国中年夫妇已经从餐车返回来了，当列车驶过沼津、望见富士山的时候，二人站到车窗前，一个劲儿地拍着照，而当富士山连同山麓的原野一并露出完整的全貌时，大概已经拍得没兴趣了，竟背对着窗毫无反应。

冬天日落早。大木刚刚目送一条泛着暗灰色的河流掠过，抬起头来，恰巧和落日面对了。从黑色云团的弓形缝隙中透出冷冷的白色残光，许久没有消失。早已明亮起来的车厢内，靠窗的转椅因某个震动而齐刷刷地旋转了半圈后停住，没有停下继续转动着的，仍然只有最边上那张椅子。

车到京都后，大木径直奔京都大酒店而去。想到音子可能会到下榻的酒店来，所以大木选了一间安静的客房。乘电梯上了六层，但因为酒店是紧依着东山的斜坡而建的，大木穿过长长的走廊来到后面的客房，这儿竟然还是一楼，走廊两侧的一溜客房不知是不是没有客人入住，非常安静。十点过后，从两边的客房突然传来一阵嘈杂，听声音像是外国人。大木问了服务员，回答是："来了两户外国人，光孩子就一共有十二位。"十二个孩子不光在客房内高声说话，还互相上对方的客房串门，进进出出的，在走廊上跑来跑去，好不欢腾。空房有的是，为什么偏偏将大木夹在中间让这么吵闹的客人住到自己两侧的客房呢？不过，毕竟是孩子，很快就会累趴了睡觉的吧，大木没有太在意，然而孩子们或许因为旅行而兴奋难抑，竟久久都安静不下来，尤其是在走廊上跑来跑去的脚步声显得特别刺耳。大木从床上爬了起来。

两边客房操着外语的嘈杂声，又让大木感到了一种孤寂。他眼前浮现出"鸽子号"观光车厢里那张孤零零旋转的转椅，感觉就像看见了自己的内心无声而孤独地在旋转似的。

大木试着反省，自己是为了聆听除夕的钟声和与上野音子会面而来京都的，但音子和除夕钟声，哪一个才是主要目的，哪一个是次要的呢？此行能够听到除夕之夜的钟声，这一点是确定无疑的，但与音子能否会面尚不确定，莫非前一个确定无疑的目的只不过是借口，其实心底真正期盼的却是那一份不确定？大木是想和音子一起聆听除夕钟声才来京都的，并且他认为这个目的也不难实现。然而，大木与音子之间毕竟亘隔着漫长的光阴，虽说音子至今仍独身一人，但并不能就此而断定她一定会允承邀约，和昔日的恋人再会，看来大木对此是真的不理解。

"不，那个女人很难讲哩。"大木低声自言自语道。"那个女人"变得怎么样了，她的现在，大木并不清楚。

音子应该是借住在寺院内的偏院，和女弟子一同生活。大木曾见过某美术杂志刊登的照片，那偏院看上去远不止一两间屋子，足够一户人家过日子，而且用来当作画室的起居室也十分宽敞，屋外还有院子。照片上的音子正提笔作画，所以俯着身子脸朝下，但看额头至鼻梁的那线条，分明就是音子。音子一点也不显中年人的富态，肩膀仍那么纤秀。那张照片一霎间唤起大木的，不是昔日的甜蜜回忆，而是这个女人这辈子为人妻子、为人母亲的权利毁于自己手中的自责。当然，看到这张照片的读者当中，也只有大木一人才会有这样的感受，在和音子关系不是很近的人眼里，音子只是一位移住到京都、浑身充满了京都风韵的美丽的女画家而已。

大木打算，二十九日就算了，等到三十日再给音子去电话，或者造访音子住的地方。可是翌日早晨被外国孩子吵醒起床后，却踌躇起来，大木转念想给音子写一封快递信，但坐到桌前又游移不决了，他盯着桌上为客人准备的白色便笺纸，看着看着终于打消了念头，心想不见音子也罢，大不了独自一人听除夕之夜的钟声好了。

被两边孩子的吵闹声吵醒、早早起床了的大木，等到那两户人家出门之后，又继续睡去，再次醒来时已经将近中午十一点了。

"我来给您系吧，让我来！"慢慢地系着领带，大木回忆起音子说这句话时的情形，那是一个十六岁的少女，在被自己夺走她的贞洁之后说的第一句话。大木没有回答。他找不到该说的话。他轻轻拥着音子偎紧自己，抚弄着她的头发，但什么话也没有说。音子从他的抱拥中挣脱出来，她整理了一下衣衫。大木站起身来，套上衬衣，开始系领带，音子一直抬头凝视着他，眼睛里带着几分明润，但不是泪水，毋宁说是闪着晶莹的光。大木避开了她的目光。刚才接吻的时候，音子也是睁着眼睛的，大木用嘴唇压在她眼睛上才让她闭上。

音子希望替自己系领带的话中，满含了少女的甜蜜。大木松了口气。这与其说音子对大木并无怨恨，更重要的是，音子似乎想逃避现实的自己。她系领带的动作十分温柔，可是却怎么也系不好。

"会系吗？"大木问道。

"我想我会系的。我看过爸爸系领带的。"

——音子的父亲在她十二岁的时候就去世了。

大木坐在椅子上，将音子抱到自己膝盖上，然后抬起下巴，好让音子系起来容易一些。音子稍稍弯下腰来，系了两三次又拆开重新系，最后说道：

"好啦，小宝贝，系好了！"

她从大木膝上下来，手扶在大木的肩头上，端详着系成结的领带。大木起身走到镜子前，领带结系得很漂亮。他用手掌心胡乱擦了擦略略渗出汗油的脸。和少女发生关系后的这张脸，他自己都看不过去。镜子中，少女的脸渐渐凑近来，清纯而楚楚动人的美丽刺痛了他，那是与这种场合不太宜适的美丽，大木暗暗吃惊，不由得回过头去。

少女一手搭在大木的肩上，说了句："喜欢您。"说着，将脸贴在大木的胸口上。

十六岁的少女称呼三十一岁的男人为"小宝贝"，这让大木感到非常的不可思议。

自那以后二十四年过去了，大木如今五十五岁，音子应该四十了。

大木跨进浴缸，打开客房为客人提供的收音机听起来，播报说京都今早有薄冰，同时预报说今年是暖冬，正月应该也不怎么冷。

大木在客房里吃了点烤面包，喝了点咖啡，然后乘坐出租车离开酒店。他仍没有拿定主意今天是否和音子见面，又没有明确的去处，便决定去岚山那边看看。从车窗望出去，从北山至西山那连绵的小山丘，有的映照在日光下，有的则背着日光，照例呈现着它柔缓的山姿，同时也透出京都冬日的寒寂。朝着日光的山丘颜色看上去逐渐暗下来，快要近黄昏了。大木在渡月桥前下了车，没有过桥，而是沿着这边通往龟山山麓的河畔道路向前走去。

因为成群结队的观光游客而从春到秋始终热闹的岚山，到了年关的三十日，却几乎不见人影，完全变成另一番景象。岚山本来的韵味就在于它的清静幽深。潭水碧绿澄澈，竹筏运来的木材在河滩被装上卡车，声音一直传到很远。人们从河的这一边所看到的应该是岚山的正面吧，此刻却在背阴面，岚山朝河的上游方向略略倾斜，日光只能从山脊照射下来一点。

大木打算独自一人在岚山安静地用午餐。有两家餐馆以前曾来过，不过离渡月桥较近的那家闭门店休，没什么游客会在大年三十特意跑到僻静的岚山来。大木一面想上游那家古色古香的小餐馆会不会也休息，一面缓缓地朝上游走去，其实他也不是非要在岚山用餐不可。

刚踏上古旧的石阶，一位年轻女子就将他谢绝了，说是店里的伙计都去了京都："全都不在……"

记得某个啖笋季节，就是在这家餐馆品尝了加松鱼干煮的大块笋段，那是几年前来着？

大木返回河岸，看到通往邻近另一家餐馆的平缓的石板路上，一位老婆婆正在打扫枫树落叶。一打听，老婆婆说旁边那家大概正在营业。大木走过老婆婆身边时停下脚步，说道："真安静啊。"

老婆婆则回答："对面岸边人们的说话声都听得清清楚楚呢！"

餐馆掩映在山腰的树丛中，厚厚的茅草屋顶又陈旧又潮湿，玄关有些阴暗。玄关看上去不像玄关，竹林密密麻麻地长满了门前。正对着茅草屋顶，矗立着四五棵高大挺拔的赤松。大木被引领至座位上，店内似乎没有其他客人。玻璃拉门前一丛红红的，是珊瑚木的果实。大木还发现了一株盛开的杜鹃花。珊瑚木、翠竹和红松遮住了门前的潭水，但是从叶缝间可以看到潭水，仿佛半透明的翡翠一般清澄而深幽，静止不动。远处的岚山一带也像这潭水一样沉静。

大木双肘支在被炉上，被炉下面的炭火烧得很旺。外面传来小鸟的啁啾。往卡车上装载材木的声音在山谷中回响。山后是火车的汽笛声，在山间留下一长串凄凉的余音，不知是驶出隧道还是钻进隧道。大木联想起初生婴儿微弱的啼哭声——十七岁的音子怀孕八个月便产下了大木的孩子，是个女婴。

婴儿没有被送到音子床边来，医生对她回天乏术。死的时候，医生吩咐道："还是让产妇稍稍安静一会儿再告诉她吧！"

音子的母亲对大木说："大木先生，请你去告诉她。我女儿自己还是个孩子，却受了这么多苦生下这孩子，太可怜了，我去说的话还没等开口肯定会先哭出来的。"

音子的母亲对大木的愤怒和仇怨，因为女儿的生产而暂时克制住了，尽管大木是个有妻室的男人，但是音子生下了这个男人的孩子，让这位独生女儿的单亲母亲也失去了继续指责对方、继续憎恨对方的气力，这位看上去比音子更要强的母亲，骤然间气势全无。想要瞒过世人生下这孩子，以及孩子生下后怎么办，这些问题母亲都不得不靠大木来处置，况且因妊娠而情绪极不稳定的音子警告过母亲，如果对大木态度不好的话，她就死给母亲看。

大木返回病房，音子以产妇特有的清澈、温柔、充满慈祥的眼神迎向他，但随即眼眶里涌出了大颗的泪珠，顺着眼角淌下，濡湿了枕头。大木心想，她一定猜到了。音子的泪水汩汩涌个不停，止也止不住，分成两三股往下淌，其中一股眼看要流进耳朵里，大木见了赶紧伸出手想替她擦拭。音子抓住大木的手，终于抽抽搭搭地哭出声来，就像洪水冲破了堤坝似的。

"孩子死了对吗？我的孩子死了！我的孩子死了！"

她痛苦地扭动着身子，身子几乎都快扭断了，眼睛通红，仿佛血水都渗了出来，大木紧紧将她抱住，想让她安静下来，他的手触到了音子的乳房，少女的乳房虽小，却十分挺实。

之前站在门外关注里面动静的母亲此时走进病房，"音子！音子！"她朝女儿唤了两声。

大木没有介意音子的母亲在眼前，仍旧紧紧抱着音子。

"我喘不过气来了，您放开我！"音子说道。

"你会好好待着的对吗？不会乱动是吧？"

"我会好好待着的。"

大木松开了音子。音子肩头翕动着，大口喘着粗气，眼泪又淌了下来。

"妈妈，会烧掉的是吗？"

"……"

"虽然还是个婴儿，也会……"

"……"

"妈妈您说过的，我生下她的时候，她的头发黑黑的。"

"是的，头发黑黑的。"

"孩子生下来头发黑黑的是吗？妈妈，能不能帮我把孩子的头发剪一点下来？"

"这个……音子！"母亲为难了，"你以后还会生的……"

母亲下意识地说道，说罢像是要把这句话吞咽回去似的，将微露愠色的脸转向了别处。

母亲甚至大木本人都似乎有意不想让这个婴儿顺利出世，因而选择了京郊一所设施简陋的产科医院，让音子在这里生产，假如换家好一点的医院，尽力抢救的话，孩子有可能活命的——大木想到这里，胸口便作痛。大木一个人陪音子前往产科医院，音子的母亲没有一同来。医生估摸着有四五十岁，脸色酡红，好像常年嗜酒的样子，年轻护士则用诘难的眼光看着大木。音子穿着平纹粗绸的童装套服，肩褶都忘记拆掉了。

二十三年之后，大木对着岚山仿佛看到了形形色色的那个有着黑黑乳发的早产婴儿的模样，它隐在冬天的树林中，又似乎潜沉于碧绿的潭底。大木落座，拍了拍手招呼女服务员。餐馆应该没有做好今天迎客的准备，料理端上桌来想必要费些时间，这个大木倒是有心理准备的。应声来到座位前的女服务员似乎也有意消磨无聊的时光，为客人换上热茶后，便就势坐了下来。

在不着边际的海说神聊中，女服务员讲起有人被狐精附身的传闻。传说有人在黎明时分看见一个男人在河中哗啦哗啦蹚着河水走着，口中还一边叫喊道："我要死了，快来救救我！我要死了，快来救救我！"渡月桥下那段河水并不深，轻而易举就能回到岸边，可是那个男人却始终跟跟跄跄待在河中。等到被人救上岸，那男人缓过气来才说出，前一天晚上十点钟左右，他突然像梦游似的独自跑进山里，最后不知什么时候稀里糊涂地跑到河里去了。

随着厨房一声招呼，女服务员起身离去。最先端上来的是鲫鱼生鱼片。大木喝了一点酒。

出门时，大木抬起头看了看覆着厚厚茅草的屋顶，屋顶已经朽腐，长出了青苔，大木却觉得别有风情。

离开餐馆前，大木又抬头看一眼覆着厚厚茅草的屋顶，屋顶已经朽腐，还长出了青苔，大木觉得别有一种雅趣。

"都说人在树下住，有雾又有露呢。"老板娘说道。据她介绍，这屋顶重新缮葺还不到十年，才八年光景就这样子了。天边，白色的月亮从茅屋顶左侧露出半边脸。三点半了。大木走下台阶往河岸返回，看到翠鸟贴着水面在河上滑翔，张开的翅膀颜色看得清清楚楚。

大木在渡月桥旁拦了一辆出租车，打算去仇野那边。在冬日接近黄昏的时候，那些祭祀着无亲无故亡灵的地藏菩萨以及石塔群，想必会令人更加体味到人生无常之感吧。然而，当看到祇王寺门口那片阴暗的竹林，大木却让车子掉头折返了。他决定去苔寺转一转，然后便返回酒店。苔寺庭院里，只有一对像是来新婚旅行的游客。干枯的松针不停地散落在青苔上，倒映在池水中的树影随着大木的移步而晃动。迎着照射在暗红色夕阳下的东山，大木回到了酒店。

把自己浸入浴缸暖了暖身体后，大木通过电话号簿找到了上野音子的电话号码。接电话的是个年轻的女子，大概是女弟子吧，但随即就换成了音子的声音。

"是我。"

"我是大木。"

“……”

“我是大木，大木年雄。”

“啊……好久不见了。”音子带着京都腔应道。

大木一时不知该从何说起，便干脆省略掉客套，装作是临时起意打的电话，好让对方不致陷于尴尬。

他语速很快地说道："我想在京都听除夕之夜的钟声，所以就到这儿来了。"

“除夕之夜的钟声……”

“你能和我一起听吗？”

“……”

“能和我一起听吗？”

“……”

听筒那头好长时间没有回答。音子一定很惊讶，不知道怎样回答。

“喂喂，喂喂……”大木叫着。

“就您一个人吗？”

“一个人，就我一个人啊！”

音子又沉默了。

“听了除夕之夜的钟声，元旦一早我就回去。我来就是想和你一起听除夕钟声的。我都一把岁数了，我们有多少年没有见面了，假如不是趁着来听除夕之夜的钟声这个时候，想和你见一面这种话我都说不出口，毕竟这么多年啦。”

“……”

“明天我过去接你行吗？”

"哦不，"音子的语气有些促急，"还是我去接您吧。八点……好像早了点吧，九点钟稍过一点您在酒店等我吧。我先找个地方预订好座位。"

大木原想和音子一同用晚餐的，九点的话已经是晚餐后了，不过音子还是很爽气地答应和自己一起听除夕钟声了。遥远记忆中的音子的音容，又栩栩如生地浮现在大木眼前。

第二天，从早上一直到晚上九点，大木独自一人窝在酒店客房里，时间真漫长。想到今天是岁末三十一日，更加让人觉得时间漫长。大木无所事事。京都虽然有几个熟人，但时已岁末，加之晚上还要和音子一起听撞钟，所以谁都不想见。他不想让别人知道自己来京都。美食诱人的京都餐馆也不少，但大木还是在酒店随便吃了点晚餐。一年的最后一天，大木脑子里填满了对音子的回忆，随着同样的回忆反复浮现，那些情景也越来越鲜明，二十多年前的往事恍若就在眼前，甚至比昨日的记忆更加清晰。

大木一动不动地站在窗边，看不到酒店下面的道路，但透过窗户却能望见京都市街成片屋顶那一边的西山。西山其实不远，和东京比起来，京都是个很小但很亲切的城市。眺览之间，西山上空染着一层浅浅金色的透明的浮云，转瞬就变成了阴冷的灰色，黄昏降临了。

所谓回忆是什么呢？记忆中如此清晰鲜明的过去又是什么呢？音子跟随母亲搬到京都的时候，大木以为自己和音子从此将星离雨散，事实上两人是分开了，但是真的爱别魂离了吗？大木打乱了音子的一生，让她这辈子失去做妻子、做母亲的权利，这让大木始终无法逃脱自责的痛苦，而迄今独身不婚的音子对大木又是如何念及、如何挨过这漫长岁月的呢？在大木的记忆中，音子是个有一无二的用情专深的女子，对音子的记忆至今仍如此鲜明，不正说明音子从未与自己真正分离吗？

虽然大木生于东京，但是黄昏时分华灯初上的古都却让他有种故乡的感觉，这并不仅仅因为京都是日本人的故乡，而且还因为音子生活在这里。大木无法静下心来，于是冲了个澡，从内衣到衬衣、领带全都换了，然后在房间里来回踱着步，还从镜子中将自己检查打量一番，等待着音子。

"上野先生前来迎候您了！"九点二十稍过，前台打电话来通知他。

"我马上下去，请她在大堂稍等片刻。"大木吩咐道，随即又自言自语道："怎么不让她到房间来啊？"

敞静的大堂里没有发现音子的身影。一位年轻姑娘朝大木走过来。

"您是大木先生吧？"

"我是。"

"我是遵上野老师的吩咐，前来接您的。"

"噢？"大木尽量装作若无其事的样子，"那多谢了……"

大木一心以为音子会来的，所以此时有种被耍弄的感觉，几乎一整天来对音子栩栩如生的回忆似乎也顿时变得模糊了。

坐上这位姑娘让等候在外面的车子，大木沉默了一阵子，终于问道："你是上野老师的弟子吧？"

"是的。"

“和上野老师两个人一起生活吗？”

“是的，另外还有一个帮忙的女佣。”

“你是京都人吗？”

“我家是在东京的，因为仰慕上野老师的画技，所以不请自来跑来拜师，承蒙老师让我留下来了。”

大木回头看了看这位姑娘。从在酒店上前来招呼他那一刻起，大木就被她的美丽而惊艳，侧面看去，纤长的脖颈配以轮廓秀媚的耳朵，美得令人不敢直视，可是又如此温婉文静。显然，她面对大木似乎有些拘谨。这位姑娘知不知道大木和音子之间的事？自己和音子发生那段往事的时候，这位姑娘还没出生呢。大木想着，突如其来地问道：

“你平时都穿和服吗？”

“啊不，在家里时一直在活动，所以基本上是穿宽松的衣裤，样子邋遢得很呢。今天这不是要听着钟声迎接元旦到来吗，所以老师才允许我穿上新年的和服。”姑娘的语气变得稍微轻松了些。由此看来，这位姑娘不仅是来酒店接自己，还要一起听除夕撞钟，大木这才明白，音子是想避免和大木两个人单独在一起。

车子沿着坡道向圆山公园深处的知恩院方向驶去。古色古香的出租宴会场内，除了音子，还有两名舞伎。这也是大木始料未及的。音子将腿搁在被炉下，两名舞伎则在火炉两侧相对而坐。女弟子在门口跪下向音子施礼道：

“先生接来了。”

“好久不见了！”音子把腿从被炉下撤出来，和大木打招呼，"我想从知恩院这里听撞钟不错的，所以就订了这儿。今天本来这儿也休息，不接待客人的……"

"太谢谢了，给你添麻烦啦！"大木接口说，其他就再也说不出来了，除了女弟子外，还有舞伎在场呢，大木既不能在话语中露出一丁点让人猜想到自己与音子过往关系的蛛丝马迹，也不能从表情上表现出来。音子昨天接到大木的电话后，想必既困惑又警惕，所以才想到叫舞伎一同到场的吧。极力避免与大木两个人单独相处，是否正暴露出音子内心对大木的态度呢？大木走进屋子、与音子四目相对的那一刹那，便感觉到了，并且就在那一瞬间，他知道自己还在音子的心里。旁人可能没有觉察到——不，那位女弟子长年生活在音子的身边，而两名舞伎虽说还是少女，但毕竟久染风尘，估计也嗅出点什么来了。当然，每个人都装作若无其事。

音子安排好大木的座位，然后吩咐女弟子："坂见坐这儿。"她让女弟子坐在被炉旁与大木面对面的位子，看来是不想自己坐在那个位子。音子从桌子侧面往被炉靠近过来，她旁边是两名舞伎。

"坂见，问候过大木先生了吗？"音子轻声问了女弟子一声，随后向大木介绍起来："这是和我住在一起的坂见景子，她的性格和她的长相可不一样，有那么点疯姑娘的味道哪！"

"哎呀，老师，您这么说我可丢死人了。"

"她会不时画些自成一格的抽象风格的画呢，充满激情，看上去似乎蕴含了一股疯狂劲儿，连我都被她的画吸引了，让我很是羡慕。她画画的时候，还浑身颤抖哪。"

女服务员端上了酒和下酒小菜。两名舞伎为大家斟上酒。

"没想到竟然以这种形式聆听除夕钟声啊。"大木说。

"我想，还是和年轻人一起听好。钟声一响，就又老一岁，让人感觉多凄凉啊！"音子垂着眼说道，"我竟然活到了这把年纪……"

大木回想起婴儿死后大约两个月，音子服用安眠药试图自杀的事，音子应该也是想起那件事了吧？——大木是接到音子母亲的口信后赶去的，虽然是因为母亲坚持要女儿离开大木才引发这样的事情，但事情发生后她还是叫来了大木。大木住进音子家里，日夜护理她。他不断抚揉按摩着她因为注射了大量药液而肿胀发硬的腿，音子的母亲往厨房跑来跑去，用蒸热的毛巾换下凉毛巾。音子下身的衣物全都脱掉了，十七岁的音子两条腿纤瘦，由于大量注射而肿胀得一塌糊涂，难看极了。大木手上一用力，滑向了大腿根，趁着音子母亲转身离开的当口儿，大木帮她擦去那里流出来的脏兮兮的黏液。出于负罪感的煎熬和由衷的爱怜，大木禁不住掉下两串眼泪滴在音子的腿上。他暗暗发誓：无论如何也要救活她，无论如何也不和她分离。音子的嘴唇呈紫色。大木听到她母亲在厨房偷偷啜泣，他起身走过去，只见母亲蜷缩着肩膀蹲在煤气灶前。

"她要死了！她已经快要死了啊！"

"就算她死了，我想您作为母亲对她已经付出了全部的爱，这就没什么好遗憾的了。"

母亲握住大木的手说道："您也一样，大木先生，您也一样呀。"

一直到第三天音子睁开眼睛，大木都守在她身边，片刻也没有合眼。音子瞪大了眼睛，在自己头上、胸口乱抓乱挠，痛苦地扭动着，嘴里还不停嘟哝："痛死我了！痛死我了！"大概是瞥见了大木在身旁，她又叫起来："不要、不要！快走开呀！"

音子得以捡回性命，虽说有赖两位医生的尽力救护，但是大木觉得，似乎自己一心一意的照顾也起了作用。

音子可能没有听母亲详细讲过大木对自己的看护照顾，不过大木至今仍记得清清楚楚，和他抱拥着的音子的身体比起来，徘徊于生死之境的音子的大腿更加栩栩如生地浮现在眼前。二十多年之后，尽管那双腿伸入聆听除夕之夜钟声的被炉下面，但大木仿佛还看得见。

舞伎和大木斟的酒，音子毫不踌躇端起杯子一饮而尽。看样子她变得很能喝酒。据舞伎说，古钟撞击一百零八下需要一个小时。两名舞伎都没有穿出入私人宴会那种隆重的装束，而是普通的和服，腰带也没有系成两端长垂的式样①，不过腰带的质地很不错，图案也非常可爱，头上都没有插花，只插着一把漂亮的梳子。两人好像和音子很稔熟的样子。大木不明白，为什么这二人会以这种熟络的打扮来这儿呢？喝着酒，听着舞伎们用京都腔拉拉杂杂唠的闲嗑，大木心中的疑惑终于解开了：应该说音子的用意非常精明，她是要极力避免出现和大木两人单独相处的场面，同时，因为和大木突如其来的相会，她也在尽力让自己的心情平静下来。此刻，虽然不露声色坐着，但两

---

① 腰带两端长垂是日本和服腰带系法的一种，通常为舞伎喜欢使用的系带法。

人之间却似乎灵犀一点潜相通。

知恩院的钟声响起。

"啊！"一座人都安静下来不再说话。钟声太过古寂，以至于有一点钟体破裂了的感觉，然而余音袅袅，又幽又长，一直传到很远。钟声以一定的间隙鸣响，撞钟地点似乎就在附近。

"离得太近了！我说想听知恩院的钟声，有人就给我推荐了这儿，要是在鸭川岸边，稍微离开一点的地方可能会更好呢。"音子对大木和女弟子解释道。

大木拉开隔扇向外面看，宴会场的庭院下面就是一座钟楼。

"就那里，我看见有人在撞钟了。"大木说。

"真的离太近了。"音子又重复了一遍。

"嗯，没关系，每年只能通过收音机听除夕钟声，现在能身临其境近距离地听也不错呀！"话虽这样说，但确实少了一份雅致。钟楼前一堆黑压压的人影在攒动。大木关上隔扇，坐回到被炉前。钟声持续不断响着，渐渐不再专心一意竖起耳朵去聆听，此时方才感觉到，到底是逾年古钟，钟声中透着寂寂流年的沉雄魅力。

大木等一行人离开宴会场后去往祇园社，参拜了苍术祭①，看到不少参拜客用苍术木作火种点燃草绳一端，然后不停甩动草绳将火带回家。用这个火烧煮祈愿新年的蔬菜粥，据说是很早以前流传下来的习俗。

---

① 苍术祭：在日本，岁末至元旦去京都祇园旁的八坂神社参拜接受净火称为苍术祭。关苍术是一种药用植物，据说将它掺入净火中焚烧可驱除瘟疫。

早　春

　　大木伫立在山丘上，凝视着被染成紫色的晚霞。下午一点半左右起，他趴在书桌前给晚报写了一章连载小说，随后便离开家出来散步。大木家位于北镰仓的丘陵地带。西边的天空挂着一大片晚霞，一直扩向高高的云间。紫色的烟霭如此浓艳，让人还以为是薄薄的云层。大木难得看见晚霞被染成这样的紫，仿佛用刷子在黏湿的物体上横着一抹似的，呈现出浓淡的渐变，而紫色的柔艳似乎正预示着春天越来越近。晚霞中有一团桃红，那儿大概就是夕阳了。

　　大木想起，前往京都聆听了除夕之夜的钟声之后，元旦乘坐"鸽子号"特快列车返回的时候，路轨上被夕阳照耀着泛出红光的情形，一直延伸至很远，路轨的一侧是海，随着路轨向山背后一个弯折，红光才消失。列车驶入山峡时，倏地黄昏迫近了。先前路轨上的红光又令大木回忆起音子与自己的过去。说是听除夕之夜的钟声，可是音子却带了女弟子坂见景子一起来，甚至还叫来了两名舞伎，虽说这样做意在避免和大木两人单独相处，但这样恰恰让大木感觉到，至今自己仍在音子的心里。从祇园社出来走在四条大街上，熙熙攘攘的人群中不乏年轻男子和喝醉的男人，有人一边口中咕哝着什么一边伸手想去触摸两名舞伎的发髻，平日里的京都绝不可能发生这样的事情，大木快步上前准备去保护两名舞伎，音子和女弟子落在了后面。

元旦这天乘坐"鸽子号"的时候，大木明知道音子不大可能特意来车站送行，却又忍不住暗暗期待，不承想音子的女弟子坂见景子赶到了车站。

"恭贺新年！本来应该老师亲自来给您送行的，可是每年元旦都得上几户礼节上非去不可的人家拜个年，中午又有人上门来等着向老师拜年，所以老师一大早就出去了，嘱咐我代她来给您送行，还再三关照要向您赔礼道歉呢。"

"是吗？还让你特意来……"大木回答道。元旦的月台上乘客稀少，但景子的美貌吸引了不少人的目光。"三十一日特意到酒店去接，元旦又特意跑来车站送行，真是太谢谢你啦！"

"不用谢的。"

景子穿着昨晚的同一件和服，衣服上染着千姿百态的小鸟，像雪片飘洒满天。衣服是绿色的绫子料的，虽然群鸟各有颜色，但以景子的年龄来说，还是显得素了些，尤其是正月里穿着它感觉有点冷寂。

"衣服很美啊，是上野老师的创意吗？"大木问。

"不是，这是我画着试试看的，不过没画好。"景子微微有点脸红。或许正因为和服的冷寂，才将景子美丽的脸衬托得更加生动了，加上群鸟的颜色配色以及姿态变化，显露出些许青春的气息，而飘洒的雪片则好像在空中飞舞一样。

景子拿出京都糕点和京都的冬季腌菜等，说是音子让转交的小礼物。

"还有这个，是路上吃的便当。"

"鸽子号"从进站到离站总共一两分钟，景子就一直在车外靠近车窗站着。大木看景子的视线是从上往下，他心想，现在应该是景子一生中最美的阶段了吧。大木对音子美丽的青春时期并不了解，自从和十七岁的音子分别，昨日重逢音子已经四十岁了。

大约四点半，大木早早地打开了便当盒，除了几样合在一起的正月年菜外，还有饭团，饭团捏得很小，形状很好看，看得出包含着一份女性的心意。音子这是为那个当年蹂躏了少女音子的男人捏的吗？饭团只有一口或一口半那么大，大木咬着饭团，通过牙齿和舌尖，他似乎感觉到了音子的宽恕。不，这不是宽恕，而是音子对自己的爱，至今仍深深埋在音子心里的爱。跟随母亲搬到京都居住之后，音子身上发生了什么？除了沉湎于绘画、至今独身外，大木对音子一无所知。恋呀爱什么的经历想必有过，但是豁出一个少女的性命去恋爱的，毫无疑问，只有和大木的那一次。音子之后，大木又爱上过几个女人，但是没一个像少女音子一样令他爱得那么痛楚。

"这米真好吃啊，不知是哪里的米，是关西的……？"大木思忖着，将玲珑的饭团继续往口中塞，饭团既不干也不过黏，咸淡也掌握得刚刚好。

音子十七岁时，早产，自杀未遂，两个月后，又被送进医院窗户上带铁栏杆的精神科病房。音子的母亲通知了大木，但是没有同意两人见面。

"从走廊上可以远远地看到她，不过您还是别来……"音子的母亲说，"我也不想让您看到那孩子现在这副样子，您如果来看她，只会再次打扰她平静的生活。"

"她会知道是我吗？"

"当然知道……不就是为了您才变成这样子的吗？"

"……"

"不过她没有疯，医院的医生也说了，只不过是一时性的应激反应。她经常会做出这样的举动，"母亲比画了一个怀抱婴儿轻轻拍打的动作，"到底还是个孩子啊，真可怜。"

音子住院约三个月后出院了。她母亲来找大木，对他说："我知道，大木先生您有妻子，还有孩子，音子应该早就知道。您看我都这把年纪了，明明知道还来向您提这样的请求，您会不会认为我疯了，可是……"音子母亲颤动着肩膀说道，"请您和音子结婚好吗？"

音子母亲眼里噙着泪水，紧紧咬住嘴唇，低下头去。

"这件事我也想过。"大木痛苦地答道。自然，大木家里也掀起了风波。妻子文子那一年二十四岁。"反反复复地想过。"

"您听了不往心里去也没关系，就当我和女儿一样头脑发昏了好了，我决不会再求您第二次。当然不是说现在马上就结婚，两年也好三年也好，或者五年、七年，我不会强迫音子的，但我即使不说，音子这丫头也一定会等您的，她还是个十七岁的学生呢……"

她的语气令大木感觉到，母亲的刚烈性格遗传给了女儿音子。

还没到一年，母亲就把东京的房子卖了，带着女儿搬到京都去了。音子转学到京都的女子高中，宕了一级。等女子高中一毕业，音子便考进了绘画专科学校。

在知恩院一同聆听了除夕之夜的钟声，还将快餐便当送至特快列车，而此时，距离当年已经整整过去了二十多年。不仅是手捏的饭团，便当盒中的正月年菜也严格遵从了昔日的袭传，很有京都风味，大木举筷撷取时总是忍不住停箸欣赏一下然后再送入口中。在酒店用早餐时，盛蔬菜粥的木碗徒有其表而已，真正的年味却在这便当中。回到北镰仓家中的话，所谓的正月年菜已经掺杂了不少西洋元素，就像时下女性杂志刊登的照片中的一样。

即使照女弟子所说，京都的女画家音子每年元旦有无法推却的礼节性拜访活动，但抽个十分钟、十五分钟的空上车站来一趟也不是办不到，是不是也像听除夕钟声时那样，音子为了避免和大木二人单独相处，所以才让女弟子来车站送行？昨晚在女弟子和舞伎面前，尽管大木一点也没有对音子提起过去的事，但是那一段过去似乎仍使得两人息息相通。这盒便当也一样。

"鸽子号"开始起动，大木用手掌从车内在玻璃窗上拍了两下，忽然意识到车窗外的景子是听不见的，于是使劲将窗子向上拉开大约两厘米，对景子说道：

"元旦一大早的还麻烦你来送行，谢谢了！你家在东京对吧？应该时不时地会回东京吧？回东京的话来我家坐坐吧，北镰仓地方小得很，只要在车站附近打听一下就能找到我家了。还有，那个抽象画，就是音子老师说的很疯狂的画，也拿上一两幅来给我欣赏一下呀。"

"真是难为情，都被上野老师批评是疯狂的画了……"景子的眼里一瞬间闪过一道异样的光。

"哪儿的话，那是因为这样的画上野老师她画不出来呀。"

列车停留时间很短暂，大木与景子之间的对话也很短暂。

就大木自身而言，一直写幻想风格的小说，却不写时下那种所谓的抽象小说。虽然不能说语言以及文字离开了日常的实际生活就算不上抽象、象征的东西了，不过大木从年轻时起就通过写散文有意识地扼杀自己萌生抽象性的才能或潜质，法国象征诗派、新古今、俳谐等他都曾一一涉猎，运用抽象的或象征的语言来进行具象的、写实的表达，这种能力就是从年轻的时候便掌握的，他认为具体的、写实的表达如果深入下去，必然就会臻于象征性、抽象性的境界。

然而，大木用语言和文字书写的音子与现实生活中的音子到底是什么关系呢？个中究竟恐怕是很难捉摸的。

大木创作的小说中，最具生命力、至今仍拥有广大读者的作品，是描写与十六七岁的音子恋爱的长篇小说。因为那部小说的问世，音子的形象受到了伤害，人们将好奇的眼光投向她，无疑这给音子的婚姻也带来了妨碍，但是，二十多年后的现在，作为小说原型的音子却反而为广大读者所喜爱，这究竟又是怎么一回事呢？

与其说是作为小说原型的音子为读者喜爱，不如说是大木笔下的音子为读者喜爱更加确切吧。那不是音子在讲述自己，而是大木描述的，大木将作家的想象和虚构糅入其中，音子的形象自然被美化了。然而，假使剔去这些部分，大木笔下的音子与假设音子自己讲述的音子，哪一个才是真实的音子呢？恐怕就无从知晓了。

不过小说中的姑娘就是音子这是毫无疑问的。假如大木不曾与音子恋爱，便不会诞生这部小说，况且直到二十多年后的今天，这部作品依旧拥有广泛的读者，很显然是因为有音子这个原型的缘故。假如大木不曾遇到少女音子，他的人生中便不会有这段爱情。三十一岁的大木与音子邂逅，然后互生爱慕，这是命运还是上天的恩赐？大木不明白，但这段感情却成了大木踏上作家之路的幸运起点，则是不争的事实。

大木给这部小说起题为《十六七岁的少女》，题名虽然平平淡淡、不见圭角，但是在二十多年前，一名旧制中学^①的十六七岁女学生陷入情网后失身，又早产生下一个死婴，并受此刺激而一度精神失常，这绝对是件超乎寻常的事情，但身为她恋爱对象的大木却并不觉得反常，当然没有将它写成反常的

---

① 旧制中学：日本于昭和二十二年（1947年）颁布《学校教育法》，实行学制改革，一般将此前的旧学制和实行旧学制的学校称为旧制和旧制学校，之后的则称之为新制和新制学校。

故事。他从没有用好奇的眼光去看音子。就像平平淡淡的小说题名一样，作者以极其坦诚的笔触，将音子刻画成一个纯洁热情的少女，容颜、身姿、举止等描摹得活灵活现，给人留下深刻的印象。就是说，作者将自己青春时代的一段爱情鲜活地注入了小说之中。《十六七岁的少女》之所以历经漫长的岁月依然有众多读者喜闻乐读，应该也是这个原因。一个家有年轻妻子的男人与一个少女之间的不幸爱情，愈是抛弃那种肤浅的道德反省，愈是具有一种能够打动人的美感。

有一次大木和音子幽会时，音子对他说："大木先生总是顾前顾后地想这样做不好、那样做不行，应该放开一点、勇敢一点去做。"大木听了一怔。

"我已经够厚皮老脸的了，现在不就是吗？"

"不是，我不是在说我们之间的事。"

"……"

"我是说，无论什么事情，随心所欲一些才好呀。"

大木一时无话可接，他不由得自我反省了一下。

音子的这句话，让大木久久都无法忘记。十六七岁的少女，能够一眼看穿大木的性格以及生存实态，是因为有一双充满了爱的慧眼。大木果然我行我素，与音子分别后，每当他瞻前顾后、做一件事情顾忌别人想法的时候，就会想起音子说的话，想起说这话时候的音子。

大木爱抚的手停下了，音子觉得是自己刚才那句话的缘故，于是将脸贴在大木的胳膊上。她默不作声，张口在大木胳膊内侧用力咬了一口。大木忍住疼痛，没有挪动胳膊。音子的泪水沾湿了大木的胳膊。

"好痛！"大木说着，抓住音子的头发将她扯开。他的胳膊上留下了音子咬噬的牙痕，并且渗出了血印。

音子望着那血印，说："您也咬我一口吧！"

大木先前一直凝视着音子的臂膀并从胳膊向肩头轻抚着，这是充满少女气息的臂膀，此时他在她的肩头上吻了一口。音子害怕痒，扭着身子躲开了。

大木不是因为听了音子说的"随心所欲去做"而创作《十六七岁的少女》，但是他一边写一边却不由自主地想起了这句话。和音子分别两年之后，《十六七岁的少女》写成并付梓成书，此时音子已经随同母亲一起搬到京都居住。音子母亲曾经向大木提出过愿不愿意和音子结婚，或许一直没有得到大木的答复，才狠下心来离开东京的，一定是独生女儿加上自己的双重艰辛和痛苦，让她实在难以承受。搬到京都的音子和她母亲怎么看《十六七岁的少女》呢？这部以音子为原型的小说成了大木荣登文坛之作，读者日增月盛，对此她们又怎么看呢？世人当然不会去挖掘一个新锐作家小说中的人物原型。人们得知《十六七岁的少女》中的原型是音子，是因为大木年逾五十后，作家地位越来越坚实，便有人开始搜寻挖掘大木的过往经历，那时音子的母亲已经去世，恰好音子又是京都的著名女画家，这一原型才广为人们知悉，以至有杂志还刊登了音子的照片，指出她就是《十六七岁的少女》的原型，当然大木心里清楚，不是以小说原型的名义拍的照，拍的本是画家音子的照片，因而音子才会同意拍摄和使用的。大木从未在接受报纸杂志采访时透露过小说原型就是音子的讯息，《十六七岁的少女》出版时，音子和她母亲也没有就此向大木提过什么质疑。

暴风雨发生在大木的家里。这是理所当然的。大木的妻子文子结婚前在一家通讯社工作，是一名国文打字员。大木将自己写的稿子交给新婚妻子让她打字，这既是新婚夫妇间的一种甜蜜作业、爱的嬉戏，但又不仅仅如此。大木的作品最初发表在杂志上的时候，手写原稿与小小的铅字印刷稿比起来，效果和印象大不一样，这使得大木非常吃惊。等到习惯了这种文字之后，用笔书写原稿的时候对印刷出来的效果心里便已经有了底，虽然并不会特意考虑印刷效果而落笔，但即使脑子里不去想，印刷文字与手写文字之间效果的差异却在渐渐消弭，他最终能够写出供人以印刷文字阅读的作品，而不是只能以手写文字供人阅读的作品，原稿中感觉别扭的地方、不那么一气呵成的地方，印刷成铅字后全都变得很顺眼了。这大概算是已经熟练掌握了写作技巧吧。

大木经常向初学写作小说的人建议："无论如何，要尽量发表，哪怕是同人杂志也好，一旦印成铅字，你会发现出乎意料和原稿的效果完全不一样，好多问题你自然而然也就明白了。"现今作品的发表形式不外乎活字印刷，但是也可以反过来去体味另一种惊奇效果。例如《源氏物语》，大木以往读的是注释本或小型文库本，也就是印成小小铅字的作品，有一次，他偶然读到木版印刷的北村季吟的《湖月抄》，不由得大为惊叹，那是一种截然不同于以往的阅读感受，他于是想，若是再往前追溯，读一读王朝时代①文人用美丽的假名文字手写而成的恋爱物语，又会是什么样的感受呢？再者，《源氏物语》在现代是作为千年以前的古典作品阅读的，在王朝时代却分明是当代小说啊，无论学者们对《源氏物语》已有多么深入的研究，但毕竟不再作为当代小说来读它，假如通过木版印刷本阅读它的话，一定会比铅字印刷本读起来更令人心驰神往。高野切《古今集》中的那些和歌，应该也是一样吧。直到后来，大木尽量去读西鹤本和元禄木版本（尽管是复刻本），这并非怀古情结在作祟，而是为了努力去接近作品的真髓。而在现今，虽然有时也会将作品原稿加以复制供人阅读，但那只是出于风流猎奇的目的，基本上人们阅读的都是铅字印刷的东西，而不是那种乏味无趣的手写原稿。

和文子结婚那阵，大木手写原稿与印刷文字之间几乎已经没有任何差异了，但妻子是打字员，所以便试着让妻子将自己的书稿用打字机誊写一遍，因为觉得打字机打出来的书稿总比手写书稿更加接近印刷文字的效果，况且他知道，在西洋，如今书稿一般都是用打字机直接打出来的或者是打字机誊写清楚的。可是，用打字机打出来的大木的作品，大概是不习惯的缘故吧，竟然比手写的和印刷的文字读起来都更加枯燥无趣，不过也因为如此，大木更容易知道哪里有毛病，倒反而便于修改和修饰。于是大木所有的书稿全部交给妻子打字就成了一种

① 王朝时代：指日本从大化改新至平安末期，相当于从公元七世纪至十二世纪，多用于特指平安时代。

惯例。

《十六七岁的少女》的书稿怎么办？惯例碰到了难题。这部书稿让妻子打字，对她无疑是一种痛苦和屈辱，绝对是件残忍的事情。音子十六岁那年，妻子二十三岁，和大木已经有了一个男孩，对丈夫和音子的感情有所觉察，曾经半夜三更背着婴孩徘徊在铁路路轨上。两个多小时后回来了，但还是不想进家门，倚在院子里的老梅树上。出去寻找妻子的大木返回来，刚进门，发现了倚在树干上啜泣的文子。

"你干什么呀？孩子会感冒的！"

当时是三月中旬，深夜还是很冷的，孩子果然感冒了，并且好像引发了肺炎，住进了医院，文子一直在医院里陪护着。

"要是这孩子死了，你就可以轻而易举地撇下我了，对你来讲不是件好事吗？"文子凄怨地说。尽管如此，大木仍借着文子不在家的机会频繁和音子幽会，所幸孩子没有发生意外。

音子十七岁早产，文子是发现了音子母亲从医院寄来的信而知道的。虽然十七岁分娩并没有什么不可思议的，但文子还是大吃一惊，她做梦都不愿相信这是真的，竟然让一个十七岁的少女怀孕、分娩，她不住地咒骂丈夫是"恶魔！"越骂越激愤，她狠狠地朝自己的舌头咬下去。看到血从妻子的唇间流出，大木慌忙用手撬开妻子的嘴，并将手伸进去，文子被堵着嘴喘不过气来，一阵恶心想吐，浑身瘫软，大木这才将手收回。看到丈夫手上满是牙印，并且淌着血，妻子稍许平静下来，她为大木冲洗干净手指，撒上止血药粉，然后缠上纱布。

音子和大木断绝来往随母亲一同搬到京都的事，文子也知道了。《十六七岁的少女》写成是在那之后，这样一部书稿让妻子打字，无异于让她嫉妒和苦恼的伤口再一次流血，为此大木犹豫再三，心想就这部作品无论如何不让妻子打字、直接交稿到出版社吧，可是转念又想，这样做似乎有点背着妻子"秘密出版"的味道。踌躇之下大木还是将书稿给了妻子，他做好了向妻子如实坦白一切的打算。

文子打字之前，将书稿从头至尾通读了一遍，不这样的话她肯定是无法打下去的。

"我主动离开您就好了，为什么不写成我离开您了呢？"文子脸色惨白地说道，"读的人一定都会同情音子的。"

"关于你，我不想在小说中过多触及。"

"因为我和您理想的女性不可同日而语吗？"

"不是这样的！"

"我只是个因为嫉妒而陷入疯狂的令人讨厌的女人。"

"音子已经是过去的人了，我和你今后还有长长的日子要一起生活下去呢。不过，书稿里的音子加进去了不少作者的虚构，和现实生活中的音子完全不是一回事啊，比方说，音子精神失常以后的事情，我就毫无所知，只好凭空虚构了。"

"那些虚构的部分，恰恰表明了您对她的爱情。"

"那个嘛，如果不虚构的话，我就写不成了啊。"大木毫不掩饰地说道，"那些部分你也可以帮我打出来吧？虽然这会让你很痛苦……"

"打呀，因为打字机是机器，而我是被机器操纵的。"

文子虽然说自己变成一部单纯的机器，但终究没有完全做到。在打字过程中她屡屡出错，大木时常听到她将打字纸撕碎扔掉的声音，有时候她还会停下来，偷偷哭泣或是作呕。家里屋子狭小，简陋的六席① 房间简直称不上书房，而隔壁就是四席半的起居室，起居室的一隅支着打字机，因此大木身在六席书房里就能清楚地知道文子的动静，这让他无法静下心来趴在桌前写东西。

不过，文子对《十六七岁的少女》没有说过半句什么，因为把自己当成了"机器"所以才不说吧。《十六七岁的少女》这部小说四百字一页的稿纸共计约有三百五十页，对于做过打字员的文子，相较于她为大木打过字的其他原稿来说，需要耗费更多天数。文子脸色惨白，面容一天比一天消瘦，有时候冷冷地眼睛上挑，却茫然地不知看向哪里，像中了邪似的对着打字机。终于有一天，吃晚饭前她吐了几口黄水，俯下身去。大木赶紧走到文子身后，抚摩着她的后背。

"水，给我拿杯水。"文子喘息着说道。她眼圈发红，眼眶里还噙着泪水。

"是我不好，这篇小说真的不该叫你打字，"大木说，"可是，单单就这篇小说瞒着文子你拿去出版，我又……"没错，假如那样做的话，即使没有造成夫妻感情彻底破裂，也会给今后留下难以愈合的创伤。

"不管我有多痛苦，您肯让我来打这部书稿，我还是很高

---

① 席：日本传统的和式住宅以席为单位表示居室面积，一席即一张榻榻米大小，标准为长 180 厘米，宽 90 厘米，合面积约 1.62 平方米。

兴的。"文子一边说一边强作微笑，"打这样长的书稿这是第一次，所以难免会有点累。"

"书稿越长，对文子你的折磨也就越长，这大概可以说是做一个小说家妻子的题中应有之义吧。"

"我通过您的这篇小说，对音子这位姑娘有了充分的了解，虽然这对我来说简直和死一样难受，但是我觉得，您能邂逅音子姑娘，这对您可是一桩大大的好事呢。"

"那不是小说中的理想化的音子吗？"

"这我明白，像这样的姑娘现实生活当中是不存在的。不过我在想，您是不是应该再多写一写我呀？哪怕把我写成一个因为嫉妒而发狂的夜叉似的凶恶之妻我也不在乎。"

大木有点无言以对："文子可不是那样的妻子啊。"

"您还是不大了解我的内心呢。"

"可是，我不想把家庭里的隐私拿出去张扬。"

"说谎！您只是对少女音子着了迷，所以除了音子别的人您不想写罢了。您肯定觉得，要是写了我，就会玷污了音子的美，使得整篇小说变得不那么纯洁了对吧？可是，小说就非要写得那么纯洁不可吗？"

即便写成被嫉妒搅得痛急攻心的妻子，只因为小说中没有太多文字提及，惹得她又一次心生嫉妒。关于文子的嫉妒书稿中并非没有写到，只不过写得较为简洁，却同样引人入胜，然而文子却对在自己身上花的笔墨不多而耿耿于怀。妻子的这种心理大木无法理解。或许，她认为和音子比起来自己受到了轻视，甚至几近被无视了吧。《十六七岁的少女》是描写男主人公和音子凄美爱情的小说，对妻子文子和音子自然不可能同等力度同样着墨。况且，即使大木在书稿中加入了一些虚构情节，但自己一直瞒着妻子与音子往来，这些事实全都得到了如实的再现，按理说，大木更害怕这些事实被妻子知道，然而妻子关注的却并不是这些，而是自己在书稿中只占了很少的篇幅，为此还似乎心灵受到了创伤。

"通过描写文子的嫉妒来衬托出音子，我可不愿意那样写。"大木说。

"没有爱情，甚至连憎恶之情也没有的人，您当然不会写的，对不对……我一边打字一边就在想，为什么我没有离开您呢？"

"你看你又说这种无聊的话。"

"我是认真的。没有离开您是我的大罪，我得一辈子都背负着这个包袱了吧？"

"说什么哪！"大木抓住文子的肩膀使劲摇晃，文子感觉胸口有什么东西向上涌，又痛苦地吐了口黄水。

大木松开了手："……"

"没关系。我大概是怀孕了。"

"啊？！"

大木吃了一惊。文子两手捂住脸，放声哭了出来。

"那可得好好保重身体啊，这篇小说不要再打了。"

"不，我要打，您就让我打吧！剩下已经不多了，再说只是动动手而已。"

文子固执地不肯听从大木。等到书稿全部打字完毕后五六天，文子流产了，与其说是打字这件事本身，更像是打字的内容给她身心带来了极大的打击。看过妇科医生后，文子在家卧床休息，将头发草草扎成两股辫子，看上去头发已经显得有点稀疏了，而原本头发是又密又柔顺。文子没有化妆，只在唇上涂了点口红。血色暗淡的脸上，没有了粉妆遮掩，露出光滑的肌肤。流产似乎对年轻的文子没有造成什么伤害。

大木将打字完成的《十六七岁的少女》放入书架束之高阁，没有撕毁、没有烧掉，也没有拿起来修改或润色。这部小说，葬送了两条生命，先有音子的早产，后有文子的流产，可谓大大的不吉利，夫妇二人有好长一阵子闭口不提这部小说的事。然而，最终先张口提起的却是文子。

"那部小说为什么不拿出去发表，是觉得对不起我吗？我想通了，既然和小说家结了婚，发生这种事情也是没办法的，再说，要说对不起的话，也是对不起音子姑娘是吧？"文子说。经过流产之后的调养，她的脸色重现血色，肌肤甚至更显润丽了。这就是青春的不可思议之力吧。她对丈夫的欲求也越来越强烈。

《十六七岁的少女》出版时，文子又怀孕了。

《十六七岁的少女》得到评论家的好评，更可喜的是获得了广大读者的喜爱。文子的嫉妒和痛苦并没有随风逝去，不过她脸上和嘴上却一点也没有表示出来，她为丈夫的成功而高兴。大木的所有作品中，至今仍长销不衰的，便是这部堪称年轻时的代表作《十六七岁的少女》。这部作品，不仅仅支撑了大木一家的日常生活开销，它还变成了文子的衣裳、首饰，并且解决了文子儿子和女儿读书的花销，但文子不认为这是拜了少女音子的存在、丈夫和少女音子的爱情所赐，她觉得这是丈夫理所当然的收入，至少，音子与丈夫之间的那段凄美爱情，对如今的文子来说，它不再是一出悲剧。

虽说不至于返回，但大木有时候仍会情不自禁地想，《十六七岁的少女》的原型音子对于大木不啻是无偿的付出，对自己被写入小说她没有对大木说过一句话，音子的母亲也没有提出过抗议。文字和词语缀成的小说，比绘画或雕刻之类写实性的写像更加深入音子的内心世界，音容笑貌一如记忆中的，虽然加入了大木的想象、虚构以及美化，但毋庸置疑那就是音子。大木一任青春的爱的激情在自己笔下迸发，并没有好好考虑音子的困惑、给未婚的音子今后会带来什么麻烦等等，尽管赢得了读者，但很可能已经拘碍了音子的婚姻。因为《十六七岁的少女》，大木收获了名誉和金钱，文子的嫉妒心有所化解，所受的伤害似乎也一定程度上得到了抚平，不得不别离的音子与保住了妻子地位的文子之间，不仅是早产与流产的差别，连这些方面也截然不同。正如老话所说，流产之后更易得子，很快文子顺利地产下一名女婴。岁月流逝，一成不变的只有《十六七岁的少女》。小说没有花费太多笔墨去着力描写文子嫉妒的狂态，从家庭这个世俗的角度来说，应该值得庆幸，虽说这是《十六七岁的少女》作为一部小说的稍嫌不足之处，但却使得小说读起来更加顺畅，也使得读者更加容易爱上小说中的音子。

一提到大木的代表作，二十多年后的今天，人们仍然会举出这部《十六七岁的少女》，对此大木显得很无奈："真叫人生气。"他只能独自闷闷不乐。不过回过头来想，这部小说展现了蓬蓬勃勃的青春朝气，并且支撑着对其定评背后的世人的好恶是不会轻易改变的，即使作者本人抗议也无济于事，此时的作品已经抛开作者具有了独立的生命力。

不过，当年十六七岁的少女音子后来怎么样了？大木时不时地仍会牵挂她。他只知道，音子随母亲一同搬到京都去了。不可否认，小说《十六七岁的少女》至今生命力旺盛，这也是大木时不时牵挂音子的一个诱因。

音子作为一名画家声名远播是近年的事，在此之前，二人完全是相互间音讯不通。大木想，音子大概平平凡凡地结婚、过着平凡的生活，这也是他期望的，但有时候他又会想，以音子的性格而言，她似乎不会甘于过那普通平凡的日子，因为或许她对自己的情丝仍旧未断吧。

正因为如此，当得知音子成为一名画家的时候，大木大感震惊。

自从二人别离，一直到成为一名画家，音子经历了怎样的磨难、克服了多少痛苦烦恼，大木自然无法体察，但他还是为音子感到欢欣，心潮起伏，有一次在百货商店的画廊偶然看到音子的画作时，他激动得浑身战栗。那不是音子的个展，而是一幅画作混在多位画家的作品中。是一幅牡丹图，画帛上方孤零零的只画了一朵硕大的红牡丹，正面朝向观赏者，比真正的牡丹花要大上一圈，花叶寥寥无几，下角还有一小朵白色的花蕾。从这朵大得有些不太自然的牡丹花中，大木看到了音子的格调和品质。他当即买下这幅画，但是因为上面有音子的落款，大木无法拿回家去，只好捐赠给了小说家俱乐部。高高挂在俱乐部的墙上，和放在商品琳琅满目的百货商店橱窗里，观赏印象多少有点不同。那朵硕大的红牡丹看上去有些怪异，又仿佛从内里射出一束孤独的幽光。从女性杂志上看到音子在画室里的照片就是在那阵子。

去京都聆听除夕之夜的钟声，是大木多年的夙愿，而和音子一起聆听，则是被这幅牡丹图勾起的营念。

北镰仓又被称为"山之内"，南北丘陵之间有条路相通，山间花木繁多。再过不久，路旁的鲜花又将报告今年春天来临了吧。从北面山丘散步走到南面山丘已经成为大木的习惯，因为南面山丘更高，站在山丘高处可以远眺紫色的晚霞。

晚霞的紫色很快便消失，变成一团深蓝色，陷于一片冷冷的灰色之中，正姗姗而来的春天似乎又返回了冬天。将薄霭染成桃红色的太阳大概已经落到山下，肌肤忽然感到了些许凉意，于是大木从南面山丘走下山谷，然后回到位于北面山丘上的家中。

"有个从京都来的姓坂见的年轻小姐来过，"文子告诉他，"拿来两幅画，还送了我们一些'麸嘉'的新鲜面筋。"

"她走了？"

"太一郎送她回去了。说不定她去找您了呢。"

"是吗？"

"那位小姐漂亮得简直让人吃惊呢！她是做什么的呀？"妻子目光不离大木，一边说一边窥视着大木的脸色。虽然大木装出一副若无其事的样子，但妻子以她女性的敏感似乎已经感觉到这位小姐与上野音子有着某种关联。

"画在哪里？"大木问。

"在书房里，包起来的，我没看是什么的画。"

"哦。"

坂见景子遵守了在京都火车站为大木送行时的约定，专程来送画的吧。大木走进书房，拆开了画的包装。两幅画装裱在简朴的画框中。其中一幅是《梅》，虽说是梅花，但只画了一朵花，像婴儿的脸庞一般硕大，没有枝也没有叶，在一朵花上绽着红白两色花瓣，而且令人惊奇的是在红色花瓣中还有不同的深红和浅红。

这朵硕大的梅花花形并没有扭曲变形，但给人全无绘画的感觉，倒似乎有个怪异的魂灵跃动其中。就仿佛是在跃动。大概是因为背景的缘故吧。一开始，大木觉得梅的背景像是堆叠在一起的厚冰的破片，细看之下，又好像是连绵的雪山。毕竟不是写实画，所以看成厚冰也可以，看成雪山也可以，但将它看作雪山的时候，便迎面感受到一股巨大的视觉冲击力，线条如此尖锐，仿佛刀劈出来一般，并且上宽下窄的雪山虽然现实中不存在，但这正是一种抽象的风格，它再现的应该既不是雪山，也不是厚冰，似乎可以理解为难以捉摸的景子的内心世界吧。但即便是层层叠叠的雪山，也不仅仅只有冰冷的雪白，而是融合了雪的峭冷感觉和雪的温藉色调，从而汇成一首音乐，音乐中不只有白的一统天下，还有各种色调在共同发出吟唱，如同一朵梅花中同时有着红白两色的色调变化一样，既可以看作是一幅寒意氤氲的画，也可以看作是一幅洋溢着暖意的画，总之，这幅《梅》流露出了年轻作者强烈的感情。估计是坂见景子根据时令，特意为大木新作的画吧。能看出画的是一朵梅花，说明它是件半抽象的画作。

看着这幅画，大木想到了院子里的那棵古梅。园艺工人说这株梅树是病梅、畸形梅，听了园艺工人不靠谱的植物知识，大木也就信以为真，一直到今天也未想过亲自去查阅、考证一番。这株古梅能开出白色和红色两种颜色的花，它没有做过嫁接，天生就是一株树上间有红梅和白梅，当然不是所有的枝杈都是如此，有的枝杈上开的全是白梅，有的枝杈上开的全是红梅，但新枝上多数是同时开出红梅和白梅，而且也不是所有的新枝每年都能开两种颜色的花。大木非常喜爱这棵古梅。古梅如今正花蕾微绽。

毫无疑问，坂见景子的画就是用了一朵梅花来象征这株不可思议的古梅。估计景子是从音子那里听说过这棵古梅。上野音子十六七岁的时候，没有来过大木和文子结婚后居住的这个家，但是知道这棵古梅，大木已经忘记曾说起过古梅花的事，音子却仍然记得，并且向自己的弟子景子也说起过。

既然提到这棵古梅，会不会不知不觉地讲起那段凄美的爱情呢？

"这个，是音子先生的……"

"啊？！"大木吓了一跳，回转头去。看画看得入了神，妻子站在他身后都没有注意到。

"这是音子先生画的吧？"

"不是，她怎么会画感觉这样年轻的画呢。是刚才来的那位姑娘画的，你看这里，'景'，这不是还有落款吗？"

"这画莫名其妙的。"文子的语气有点生硬。

"这画是有点莫名其妙，"大木尽量缓和着语气应和道，"现在的年轻人也真是，画日本画都这样呢。"

"算是抽象派吗？"

"或许还称不上抽象派吧，不过也不好说……"

"还有一幅画更加奇怪呢，也不知道画的是鱼呢还是云，反正就是各种颜色随心所欲地乱涂一气，就成一幅画了。"文子弯下腰，在大木的稍稍斜后方坐了下来。

"哦？可是鱼和云差得老远了，应该既不是鱼也不是云吧？"

"那会是什么呢？"

"如果能看出是鱼或者云的话，那也不错啊。"

大木说着将视线转到那幅画上，他身体前倾，看了看倚靠在墙上的画框背面："《无题》嘛。"

这幅画完全不具任何形状，用色比《梅》更为强烈，大概是因为横线条较多的缘故，所以文子才会生硬地看作是鱼或云。乍一看，画的色调似乎不太协调，但作为一幅日本画，还是能够从中感受到一股强烈的感情色彩。这当然不是信口瞎说的。表面上看，《无题》可以让观赏者有各种各样的理解，似乎将作者要表达的主题巧妙地掩饰起来，但其实也可以说，这样恰恰暴露了作者的主观意图。

大木正在仔细寻找作品的中心，文子开始了盘问：

"那位姑娘和音子先生是什么关系？"

"和她住在一起的弟子。"大木答道。

"是吗？我可以把这两幅画撕了，然后烧掉吗？"

"别乱说！为什么要这样胡来……？"

"这两幅画画得很用心，画的都是音子先生，这样的东西不能放在家里！"

这话大大出乎大木的意料，他一边惊讶于女人的嫉妒如闪电一般来得如此突然，一边努力镇定地回答：

"为什么说画的是音子呢？"

"您是真的不明白？"

"文子你这是多心了，疑神疑鬼啊。"大木这么说着，胸中一隅却悄悄地燃起一簇火苗，慢慢地升腾上来。

看起来这幅《梅》显然表达了音子对大木的某种感情。如此一来，《无题》也可以看作是寄寓了音子对大木的爱意。《无题》这幅画还使用了矿物颜料，在画的中央略微靠左下的地方，重重地涂着大块的矿物颜料，这种手法，仿佛在画面上开了一扇小窗，让人从中窥见这幅画的灵魂，这确实可以理解为是音子对大木执着不变的爱情。

"可是，这两幅画不是音子画的，是她的弟子画的！"

文子是在怀疑，大木在京都和音子一同聆听除夕之夜的钟声，不过当时她什么也没有说，或许是因为大木元旦当天就赶回来了的缘故吧。

"反正不管怎么说，我不喜欢这两幅画，"文子眼皮吊起着，"家里是肯定不能放！"

"暂且不说文子喜欢还是不喜欢，但这毕竟是画家的作品啊，尽管画家是个年轻姑娘，要是胡乱处理掉的话对得起这画吗？关键是，这画人家是送给我的还是只不过拿过来让我看看的，你搞清楚了吗？"

文子无言以对。

"是太一郎出来招待的……哦对了，太一郎送她去车站了，不过去个北镰仓车站到现在还没回来，这时间也太长了吧。"估计也是文子差使去的吧。车站离家不远，电车每隔十五分钟有一趟。"太一郎会不会受她诱惑啊？毕竟那么漂亮的姑娘，还带着点妖气。"

大木将两幅画重新叠在一起，慢慢包好，然后说道："不要说什么诱惑不诱惑的，我讨厌'诱惑'这种字眼。既然你也说那姑娘漂亮，这画会不会是画的她自己？年轻姑娘的自恋……"

"不是的，这就是画的音子先生，不会错的。"

"嗯，就算是的话，说不定也是表现她和音子之间的同性恋感情吧。"

"同性恋？"文子大感意外，"那两个人是同性恋吗？"

"我怎么知道。不过就算是同性恋，也没什么不可思议的，两个人一同住在京都的古寺里，又都是那种感情强烈、近乎疯狂的性格嘛。"

同性恋这个说辞，显然让文子产生了动摇，她沉默了好一会儿才接着说道："就算她们两个是同性恋，但我还是觉得，这画画的是音子对您的爱情，一直到现在仍没有消逝。"文子的

满 月 祭

　　上野音子打算带上女弟子坂见景子去鞍马山观赏"五月的满月祭"。这个"五月"是阳历，而满月当然指的是阴历。满月祭的头天晚上，月亮将升上东山清朗的夜空。

　　"明天的月亮一定很圆呢。"音子坐在廊檐上望着月亮招呼景子道。所谓满月祭，是参加者一边欣赏圆圆的月亮映入酒杯一边欢饮，假如夜空阴晦、不见月亮，便索然无趣了。

　　景子走到廊檐，一只手轻轻搭在音子的后背。

　　"五月的月亮。"音子说，景子没有作声附和，沉默了一会儿才说道："老师，我们去东山景观道路①吧，或者往大津方向去看琵琶湖的月亮，怎么样？"

---

① 东山景观道路：开通于 1959 年，起于京都三条大街九条山交叉路口，止于东山隧道，全长约 3.5 千米，适于机动车兜风观光，沿途有将军冢、花山天文台、六条天皇清闲寺陵、高仓天皇后清闲寺陵等景点。

"琵琶湖的月亮？那个没什么新奇的呀。"

"倒映在一只小酒杯中的月亮比倒映在一大片湖水中的月亮还美吗？"景子说着，坐到了音子的身边，"老师，这院子的景致多美啊。"

"是吗？"音子也把目光投向院子，"景子，去把坐垫拿来，顺便把屋子里的灯关了……"

坐在廊檐上，视线被寺院僧人所住的屋子遮挡，从偏院这里只能看到中庭，庭院平淡无奇，不过呈长条形，因此月光几乎可以照射到院子的一半。因月光明暗不同，院内的踏脚石呈现出不同的颜色；阴影一隅开着白色的杜鹃花，月光下看似花儿在浮动；时至五月，枫叶仍旧灿红，新发的绿芽离廊檐很近，但在夜色中显得黑黢黢的。春天，这红枫树的葱绿新芽被好多客人误认作是花，常有人打听："那是什么花？"院子里还长着许多桧叶金藓。

"我给您沏碗新茶吧。"景子说。她心想，这平淡无奇的院子有什么好看的？自己住的院子，早早晚晚、白天黑夜，早已看得习以为常了，将脸略微朝向被月光照射到的半边庭院，目不转睛凝视着的音子，大概有什么心事吧。

景子回到廊檐，一边沏茶一边说：

"老师，据说罗丹的《吻》的模特儿一直活到八十来岁呢，我在哪里读到过，想想那座雕塑，这简直是无法想象啊。"

"是吗？景子你还年轻，所以才会说这样的话。一件表现青春活力的名作的模特儿，不代表就一定要在大好青春时死去吧，那些对模特儿说长道短的人很不应该啊！"

景子心里在品味，是自己的话让音子联想到了大木年雄的《十六七岁的少女》，还是音子无意识这样说的，不过音子年届四十却仍然很美。景子装作毫无察觉的样子，继续说道：

"读到《吻》的模特儿的故事时，我就想，我是不是应该趁自己现在还年轻，请老师帮我画一张像呢。"

"要是我能画好的话……不过，景子自己试着画一幅自画像怎么样？"

"我哪里能画……首先整体的形象把握不好，再说让我来画的话，我内心丑恶的东西全部会暴露出来，一定是幅叫人厌恶的作品。而且，只有画自画像的时候才采用写实手法，人家一定会说我是臭美呢。"

"自画像到底还是想用写实手法来画？这个很矛盾啊。你还年轻，今后会有什么样的变化还不知道呢。"

"我还是想请老师帮我画。"

"要是我能画好，那自然……"音子重复道。

"是老师对我的爱减退了呢，还是因为怕我呀？"景子声音尖刻，"要是个男画家，会求之不得为我画呢，哪怕裸体画……"

"好吧，"音子对景子的请求并没有感到惊讶，"既然你这样说那我试着画画看吧。"

"啊，我太高兴了！"

"裸体画可不画哦！女人给女人画裸体画没什么意思，我是说像我这样画日本画的。"

"我如果画自画像，就画成和老师两人在一起。"景子撒娇似的说。

"采用什么样的构图把两个人组合在一起呢？"

景子故作神秘地莞尔一笑答道："老师给我画的话，我的画就用抽象画法，不让别人看懂……请不必担心。"

"我没什么好担心的。"音子呷了一口新茶。

这是音子去宇治田原村的汤屋谷茶园写生时带回来的新茶。虽然这个季节已经开始采茶，但是写生画中却没有采茶姑娘的身影，画面上满是高低错落、球形的茶树。音子一连去了几天，画了好几幅写生，随着时间不同，茶树的树影也不尽相同。景子也跟着音子一起去写生的。

"老师，这不是抽象画吗？"景子问音子。

"如果是景子画的话……而我只是大胆地使用绿色，让嫩叶的绿色和老叶的绿色那圆乎乎的波浪形状和色彩变化之间达到协调就行了啊。"

以众多写生稿为基础，一幅画稿便在画室诞生了。

但是，音子之所以想画宇治田原村的汤屋谷茶园，不仅仅因为那里有绿色浓淡的波浪和起伏有致的轮廓线，与大木年雄的爱情破灭之后，随母亲一同远避京都，数次往返于东京和京都时，给她心头留下深深记忆的，就是从车窗向外看到的静冈一带大片的茶园，有白天的，也有黄昏时分的。那时的音子还是个学生，当然没有当一名画家的打算，只是感觉茶园的景色中似乎包蕴了一种不得不与大木别离的悲伤，一路追着自己而来。东海道沿线有山有海还有湖，云彩有时也会染上一层感伤之色，为什么单单不那么起眼的茶园能够打动音子的心呢？或许是茶树郁郁的绿色、黄昏时分起伏的茶园所包蕴的阴郁深深感染了音子吧。此外，那不是天然的茶园，而是人工耕植的，规模不大，茶树的树荫又深又浓，而且一丛一丛的球形茶树，看上去就像温驯的暗青色羊群，离开东京之前正陷入悲伤的音子，列车驶至静冈一带时恰恰悲伤达到了极点。

见到宇治田原村的汤屋谷茶园，又触动了音子的那份悲伤，于是前去写生。女弟子景子或许并没有察觉音子的悲伤，因为当她进入新芽初发的茶园，看到的并不是从东海道列车的车窗所看到的阴郁，虽然同样是日本式的茶园，但鲜绿的新芽充满了明快的情调。

景子读过《十六七岁的少女》，也听音子说枕边话时讲起，因而非常清楚音子与大木之间的往事，然而却无论如何想不到对茶园写生这个举动竟包蕴着音子对于逝去的爱情的哀惋。跟随前去茶园写生的景子看到高低错落的球形茶树、柔和的起伏线条极具抽象风格，不由得大为高兴，画了好几张写生稿，但是画着画着便偏离了写实，音子看到那些素描后忍不住笑了。

"老师，您会全部用绿色来画对吗？"

"当然啦，画的是采茶时节的茶园嘛，不过要表现出绿色的变化，还有协调。"

"我还在考虑，要不要用红色，或者用紫色，乍一看，即使看不出是茶园也无所谓。"

景子的画稿也立在了画室中。

"这新茶真香啊。景子，麻烦再给我沏一碗，沏得抽象派风格一点哦。"

"抽象派风格……？那样就苦得一塌糊涂，根本没法入口了呀！"

"那才叫抽象派呢。"

景子在屋子里爽朗地笑了。

"景子，你上次回东京的时候到北镰仓他家去过吧？"音子略微有些严肃地问。

"是的。"

"有什么事？"

"新年的时候我去车站为大木先生送行，大木先生说想看我的画，让我拿过去给他看。"

"……"

"老师，我想替老师您复仇！"景子非常沉着冷静。

"复仇？"景子这句出乎意料的话让音子很吃惊，"你是说复仇？为我……？"

"是的。"

"景子啊，哎，你坐到这边来。喝着你沏的抽象派风格的苦口的新茶我们聊聊好吗？"

景子默默地挨着音子身边坐下，自己也端起了煎茶茶碗。

"哎哟，真的好苦！"景子皱起了眉头，"我去重新沏一壶。"

"不用了。"音子按住了景子的膝头，"你说的复仇，到底是什么事情？"

"先生您应该明白是怎么回事吧。"

"我可从来没有想过要复仇，对他也没有任何怨恨。"

"那是因为您直到现在还爱着他……您信奉一生爱到底，让您改弦更张您肯定做不到，所以……"景子的声音有些哽咽，"所以，我来替老师您复仇！"

"为什么呀？"

"我也会嫉妒啊。"

"啊？"

音子将手轻轻搭在景子的肩头。景子年轻的肩头绷得紧紧的，不住地颤动着。

"老师，您说对不对？我心里很明白，我不喜欢这样子。"

"你这孩子，脾气这么烈啊。"音子温柔地说道，"那你说的复仇是怎么回事？你打算怎么复仇？"

景子低垂下头，一动不动。洒进庭院里的月光越来越广漫。

"为什么到北镰仓他家去？连我还瞒着……"

"我想看看那个让老师如此痛苦的大木先生的家到底是什么样的。"

"你见到谁了？"

"我只见到了他儿子，叫太一郎，我觉得他应该和他父亲大木先生年轻的时候长得一模一样。听说他大学毕业后一直在研究镰仓、室町时代的古典文学，对我也十分亲切，领我游览了圆觉寺、建长寺，还带我去了江之岛呢。"

"景子是在东京长大的，那些地方对你也没什么新奇的吧？"

"是的，不过，以前只是路过看看而已，现在江之岛变化可大啦。他还跟我讲了断缘寺^①的传说，很有意思。"

"景子说的复仇，就是诱惑那个太一郎是吗？还是反过来你被他诱惑了？"音子将手从景子的肩头移开，"那样的话，嫉妒的应该是我啦。"

"哎呀，老师您也会嫉妒？我真高兴啊！"景子用胳膊搂住音子的脖颈，向她偎靠过来。

"哎，老师，对于上野老师之外的其他人而言，我是个讨厌的小姑娘，也是会从中捣乱的坏女人哦。"

"你带了两幅画送去的对吧？可那不是你自己喜欢的画吗？"

"令人讨厌的小姑娘一开始也总想让人留下好印象嘛。后来太一郎写信来跟我说，我的画被挂在太一郎书房的墙上了。"

"是吗？"音子平静地说道，"这就是景子为了我展开的复仇行动？是复仇的第一步？"

"是的。"

"太一郎那孩子还年轻，大木先生和我之间的事情，他一点也不知道。其实跟太一郎比起来，我被迫和大木先生分开之后没多久，听说太一郎的妹妹组子就生下来了，那个才让我更加伤心呢。现在想起来，还不就是那么回事。听说他妹妹都已经结婚了。"

---

① 断缘寺：日本江户时代为援助欲取消原非本意的婚姻关系的女性而设立的尼姑寺，逃入寺内居住三年后，离婚即可得到认可。镰仓的东庆寺、上野国（今群马县尾岛町）的满德寺等皆属此类。

"那，老师，我想办法去破坏他妹妹的婚姻生活吧？"

"说什么哪景子！不管你长得多美、多富有魅力，可你随随便便开这种轻浮的玩笑，这暴露出你的骄傲自大、自以为是，这是你的危险所在啊，这种事情可不像做游戏，不可以闹着玩的。"

"我有上野老师在我身边，就没什么好怕的，也没有人能让我迷失自我，不过要是老师不在我身边的话，我还能画什么呢？干脆把画统统扔掉，连同生命一起都抛弃了吧……"

"不要说得这么耸人听闻的。"

"破坏大木先生的家庭，这种事情老师您做不出来对吗？"

"可是，我当时还只是个小女生啊……而大木先生已经有了孩子……"

"如果是我，我就把他的家庭毁掉！"

"话虽这么说，可家庭是个非常坚固的堡垒呢。"

"比艺术还坚固？"

"呃，这个嘛……"音子的头微微斜倾着，脸上露出一丝哀伤，"艺术这东西，我那时候根本就没考虑过呀。"

"老师，"景子转向音子的正面，靠紧音子，同时温柔地抚摩着她的手腕，"您为什么让我去京都大酒店接大木先生，让我去京都车站给大木先生送行？"

"因为景子你又年轻又漂亮，你是我的骄傲啊。"

"老师对我也隐瞒真心哪，讨厌。我仔细观察了老师那前前后后的举止，用我嫉妒的目光……"

"是吗？"音子看着景子在月光下扑闪的眼睛说道，"我没有瞒你。不过，我被迫离开他的时候，虚岁才十七岁呀，现在已经是腰粗体胖的中年妇女了。说真的，其实我不应该答应见他的，见了只会让他幻想破灭对吧？"

"幻想破灭？您是说幻想破灭？应该是您幻想破灭才对啊。上野老师是我最尊敬的人，我觉得是大木先生让您幻想破灭呢。我一直待在老师身边，我见到过的所有年轻男人都配不上您，本以为大木先生也许更优秀一些吧，谁知见了面顿时幻想破灭了。我以为老师一直以来记忆中的人，怎么也会比现在这样子更优秀呢。"

"你才只见了一两面不了解。"

"我了解。"

"怎么个了解呀？"

"大木先生也好，他儿子太一郎也好，都很容易受诱惑的，我……"

"你说得太可怕了，"音子胸口一阵发紧，脸色苍白，"景子，你这种自信会给你带来危险的！"

"我一点也不感到可怕。"景子丝毫没有惊慌不安的样子。

"太可怕了，"音子重复道，"那样岂不成了妖妇？就算你再年轻，长得再漂亮……"

"这样就算妖妇的话，那天底下所有的女人都是妖妇了吧？"

"哦？景子就是怀着这样的预谋，带上自己最喜爱的作品去拜访大木先生家的吧？"

"不是的，想要诱惑的话根本用不着什么画的。"

音子被景子莫名其妙的自信弄得有些沮丧。

"因为我是老师您的弟子，所以我尽量把自己认为画得还不错的两幅画带了去而已。"

"那要谢谢你了。不过，听你说你到车站去送他的时候，只是简单寒暄了几句，好像也不至于送画给人家吧？"

"因为我答应人家了呀。再说，我想亲眼去看看大木先生家里的情况，也找不出其他借口了吧？我就是想看看大木先生看到画之后的反应，想听听他会说些什么……"

"幸好他不在家。"

"画他总会看到的，不过我想他可能领会不了吧。"

"那也不至于吧。"

"可是就小说来说，他后来再也没有写出比《十六七岁的少女》更好的作品了吧？"

"这可不一样。那部小说是以我为原型、将我理想化了的作品，所以景子你会带着偏爱的眼光来读，况且那是青春小说，容易受年轻人喜爱。至于那以后的作品，我想或者是年纪轻轻的景子还不好理解，或者是你不喜欢的类型。"

"可是，假如大木先生现在突然离世的话，他给读者留下的代表作品不还是那部《十六七岁的少女》吗？"

"不要说这种晦气的话！"音子提高了声音，同时将手从景子的手中抽了出来，膝盖也拉开了距离。

"您对他还那么迷恋啊，"景子仍不依不饶，"人家想替您复仇呢……"

"不是迷恋。"

"那是爱……是爱吗？"

"也许吧。"

音子从一半洒照在月光下的廊檐站起，回到画室里。景子仍留在那里，她双手手掌托着腮喃喃地道："老师，我也觉得舍身为爱是很有意义的，"她的声音有些颤抖，"可是像大木先生那样的人……"

"你不要怪我了，我那时才十六七岁呀。"

"我要为老师复仇！"

"景子你口口声声说为我复仇，可我的爱并没有消亡啊！"

廊檐上传来景子的呜咽。景子蜷着身子，跌坐在廊檐上。

"老师，您给我画张像吧……趁我还没有变成您所说的妖妇……拜托了老师，哪怕画裸体我也愿意！"

"我给你画，我会用满腔的爱给你画！"

"我太高兴了！"

音子秘藏着好几幅早产婴儿的画稿，这些画稿她一直秘不示人，连景子也不给看，她打算在这基础上以《婴儿升天》为题画一幅正式的作品，却一直拖了许多年。她浏览研究过西洋的那些圣母与圣婴画像，但其中的基督或天使多是胖墩墩、十分健康的形象，与音子的悲伤情绪不符，日本的金童太子图也看过，三四幅古代的名画，其端庄秀丽的日本风格倒是与音子的感觉相通，不过画中人物是童男而非婴儿，而且没有一幅是表现升天的。音子构思中的《婴儿升天》也不打算采用升天的构图，而只是充溢着一种升天的氛围。可是，这幅画不知道什么时候才能完成呢。

当景子恳请为她画一张画像时，音子想到了很久以来从未想过拿出来看一看的《婴儿升天》的画稿，要不要像金童太子图那样给景子画像？那将是一幅非常具有古典气息的《圣处女像》。古代的金童太子图虽是一种佛像画，但其中也不乏温文尔雅的秀作。

"景子，我给你画画像。我刚刚有了构图的构思，我想像古时候的佛像画那样来画，所以，你那种举止轻浮的样子可不行哟。"音子说道。

"佛像画？"景子吃惊得坐直了身体，"我不要，老师！"

"哎，先画了你看看再说嘛，佛像画也有很多画得很艳丽的呀。照佛像画的风格画，然后题名叫《某位年轻的女抽象画家》，那样一定很有意思吧。"

"您是在取笑我。"

"我是认真的呢。茶园画画完了就开始给你画。"音子向屋子四下扫视了一圈，墙上并排挂满了音子和景子的茶园写生稿，在画稿上方，挂着音子母亲的肖像，那是音子画的。

音子的视线停在了母亲的肖像画上。

肖像中的母亲很年轻，看上去比如今四十岁的音子似乎还年轻，画这幅肖像的时候音子自己三十二三岁，也许这就成了肖像主人的年龄吧，又或者，音子画的时候自然而然地便将母亲画得这么年轻美丽吧。

坂见景子初次来到音子这儿的时候，端详着这幅肖像说道："是老师的自画像吧？真美啊！"音子没有介绍过说这是母亲的肖像，她心想，原来别人把它当成了自己的自画像。

音子长得像母亲，许多相似之处都可以从肖像中捕捉到。这大概是出于对已故母亲的深切怀念吧。不知音子画了多少幅母亲的肖像。最初是将母亲的照片放在旁边，照着照片画，但没有一幅称得上笔逐心生。她决定不看照片画，这样一来，母亲的幻象竟然像模特儿坐在面前似的，音容笑貌比幻象更加栩栩如生，她一连画了好几幅，融进爱心，遣之笔端，运笔迅疾，如有神助，却好几次泪眼模糊不得不停下手中的笔。在不断描摹之中，音子自己也意识到：母亲的肖像画越来越像自己的自画像了。

　　现在挂在茶园图画稿上方墙上的是当时画的最后一幅，这之前的几幅肖像音子全部烧毁了，只保留了像极了自画像的一幅作为母亲的肖像画，音子觉得这幅就可以了。别人或许觉察不到，但音子看这幅画时，眼睛里总会含着悲伤。这幅画与音子心心相印、脉脉相通，但是在这幅画定稿之前音子却不知花费了多少时间。

　　除了这幅肖像画，音子迄今没有画过其他人物画，即使画过，也不过是风景画中的点缀而已。今晚之所以涌起画人物画的念头，是景子尽力央求的结果。一直以来想创作的《婴儿升天》，音子并没有把它视作人物画，当决定为景子画像时，脑海中便浮现出金童太子图一类的构图，而打算画成一幅古典风格的《圣处女像》，或许还是因为音子心底一直就有《婴儿升天》的构思存在。既然画母亲的肖像，还打算画夭折的婴儿，那么为自己的弟子坂见景子画一幅画像也是应该的，她不是音子三个最爱的人之一吗？尽管对这三个人的爱明显是不同的，但毕竟三个都是自己最爱的人。

"老师，"景子唤道，"您是不是看到母亲的肖像画，心里考虑着要如何画我的肖像，可是您对我不可能拥有像对母亲那样的爱，所以担心画我画不好？"景子说着，坐到音子身旁来。

"你真是个脾气怪僻的人啊。母亲的肖像我现在看也不满意，和画这幅画的时候比起来，我的画技长进了不是吗。不过，虽说画得不太好，但毕竟是花了很长时间精心画的，所以看着有一种亲切感。"

"给我画不用费那么多心血就行啊，您可以自由奔放地……"

"那可不行。"音子心不在焉地答道。她的视线移向母亲的肖像，心中便充满了对母亲的回忆，景子恰在此时上来搭话，音子刚刚回过神来，脑海里又浮现出古时候的金童太子图。名为"太子图"，但不少是赏心悦目的幼女像，或是美少女像，总之都是"金童"。同时，虽然有着佛像画应有的高雅格调，同时也不乏艳丽表现，这似乎可以理解为是对具有美少女一般美色的美少年的憧憬，折射出在禁绝女色的中世纪僧院普遍存在的同性恋现象，音子准备为景子画肖像首先就想到金童太子图的构图，或许也潜藏着这个因素。金童太子的发式是"河童式"，按现在的称呼就是"娃娃头"吧，不过和服及裙裤那华美高雅的锦缎如今已经无处可寻，也只能用能乐服饰或者其他服饰改制一下了，不管怎样模仿金童太子图，但作为时尚女性景子肖像画的服饰总好像太古色古香了吧。音子想起手边岸田刘生^①的丽子像，那是一系列深受丢勒影响、构图端庄大气、古典色彩浓郁的工笔油画和水彩画，具有宗教画的气息。音子最关注的是其中较为罕见的一幅：那是画在对开的宣纸上的淡彩素描，画中的丽子裸身，胸口以下只裹了一件红色的浴衣，跪坐着。这件作品可能算不上名作，但刘生为什么要用自己的女儿为模特儿画这种风格的日本画呢？——音子暗暗思忖。西洋画中也有同样构图的画作。

"即使画成裸体我也愿意。"干脆像景子说的那样，画一幅裸体画怎么样？表现女性乳房的佛像画并不是没有，可是，裸体、并且模仿金童太子图的构图的话，发型该怎么处理才好？小林古径有一幅名作《头发》，那是多么的清丽爽亮，不过景子的画像发型必须与之完全不一样才好。想来想去，音子方才感觉到，凭自己的想象和画技恐怕是一项非常困难的工作。

"景子，该睡了吧？"音子提议。

"才这么早就睡了？多美的月夜啊。"景子回头看了一眼屋里的时钟说道，"老师，现在十点还差五分呢。"

"我有点累了。躺下来说说话不好吗？"

"好吧。"

趁音子坐在镜子前擦拭面孔的工夫，景子已经铺好了二人的被褥，这种活儿景子干起来特别麻利。音子起身后，景子坐

---

① 岸田刘生（1891～1929）：日本大正时代的著名油画家，深受北欧古典的影响并确立了其写实主义的创作风格，后又倾倒于宋元时期的中国画作以及浮世绘，其代表作品《丽人像》是以他女儿丽子为模特儿所创作的一系列人物肖像画作。

下来，对着镜子卸妆。她略微歪着细长的脖颈，凝视着镜子里自己的脸。

"老师，我的脸不适合画成佛像画呢。"

"只要画的人心里有一颗虔诚宗教的心就没问题。"

景子拔下所有的发夹，然后甩了几下头。

"头发解开啦。"

"嗯。"景子用梳子梳着垂悬的长发。

音子从床铺上望着她，问道："你今晚上解开头发睡觉吗？"

"好像稍稍有点味道，洗一洗就好了。"景子将脑后的头发拽到鼻子下面嗅了嗅说道，"老师，您父亲去世的时候您几岁啦？"

"十二岁。告诉你几遍了，你不是知道吗？"

"……"

景子关好纸隔扇，拉上与画室之间的拉门，然后钻进音子旁边的被窝。两人的被窝紧挨着，中间没有空隙。这四五天，二人都是敞着木窗套睡觉的，对着庭院的隔扇被月光照得微微发白。

音子的母亲是患肺癌去世的，一直到去世，她也没有对音子说出这句话——"音子，你还有个同父异母的妹妹。"音子至今不知道这件事。

音子的父亲生前是做生丝和丝绸生意的。在殡仪馆举行他的告别仪式时，众多参加葬礼的人在灵前拜祷、烧香，这本是老一套的既定礼俗，但音子母亲却感觉有一个像是混血的年轻女性与众不同，当点燃香之后向遗属鞠躬时，她发现那位女性的眼睛明显哭肿过，似乎用冰或冷水敷过。音子母亲心头猛地一震，赶忙用眼神将站立在遗属一旁的丈夫生前的秘书叫到跟前，在他耳边低声吩咐道："刚才那个像是混血儿的女人，你马上到接待台去查一查她的姓名和住址。"之后秘书循住址前去一查，其祖母是加拿大人，她本人嫁给了日本人，拥有日本国籍，从美国人的学校毕业后便从事翻译工作，目前同一个女佣一起住在麻布一处小小的公寓里。

"没有孩子吧？"

"据说有一个小女孩。"

"你有没有见到那个孩子？"

"没有，我只是听那附近的邻居说的。"

音子母亲寻思，那个女孩一定是丈夫的孩子。虽然有多种方法可以进一步查实，但她却等着那女人有朝一日自己上门来说，但是女人却没有来。大约过了半年，音子母亲听秘书说，那个女人带着孩子结婚了。母亲还从秘书的口气中得知，那个混血女人是丈夫的情人。丈夫已死，时间也渐渐流逝，她的嫉妒和恨悒也逐渐淡漠，她甚至想把那个女人的孩子领回家。带着孩子结婚，天长日久，年幼的孩子慢慢会以为女人的丈夫就是自己的亲生父亲吧？随着一点点长大，丈夫的孩子肯定会相信那个与自己毫无血缘关系的男人是自己的父亲。音子的母亲感觉仿佛丢失了一件贵重的物品，不仅仅是因为这样一来音子只能成为一个独生女儿了。可是，母亲并没有将丈夫暗中有了情人以及孩子的事情告诉才十二岁的音子，母亲临去世时，音子早已是可以坦诚面对一切的年龄了，但母亲在临死的痛苦中犹豫烦恼了许久，终于还是没有告诉音子。所以，音子至今做梦也不会想到自己竟然有个同父异母的妹妹。妹妹如今怎么样了？自然也已经到了挑明一切的年龄，顺利的话，说不定已经结婚几年、还有了孩子。然而，对音子而言，可以说有没有这个同父异母妹妹都一样……

"老师，老师！"音子被景子推醒了，"您是不做噩梦了？好像很难受……"

"啊……"见音子不停喘着粗气，景子赶忙帮她按抚着胸口。景子拄着一只手肘，侧起半个身子。

"景子你看到我难受的样子了？"音子问。

"是啊，好一会儿……"

"哎呀，真难为情，我在做梦哪。"

"梦见什么了？"

"梦见一个绿的人……"音子的声音还没有镇定下来。

"是穿绿衣服的人？"景子问道。

"不是，不是穿的绿衣服，好像整个身体都是绿色的，手和脚也是绿的。"

"是青不动①？"

"别开玩笑。倒没有不动明王那么面目可怕，但是一个全身绿色的人飘飘悠悠的，在床旁边转悠。"

---

① 青不动：藏于日本京都青莲院的不动明王画像的通称，全身群青色，背插火焰坐于岩石上，左右童子侍立。与赤不动、黄不动并称为"三大不动"。

"是个女的吗？"

"……"

"是吉梦！老师，是吉梦啊！"景子用手掌捂住音子的眼睛，让她把眼睛闭上，另一只手抓起音子的手指，放进嘴里咬了一下。

"啊痛！"这下音子彻底清醒了。

"老师，您说过给我画像的是吧？会不会把我和汤屋谷茶园的茶树林混到一起了？"景子试着给音子解梦。

"是吗？你睡着了还在我周围跳舞？真可怕呀。"音子道。

景子将脸贴在音子胸前，疯癫癫地咪咪窃笑着："这是老师想要作画的冲动呢……"

第二天，二人赶在傍晚前登上了鞍马山。寺院内已经聚集了许多信众。虽是五月长昼，但夜幕仍从四周的山峰、高高的树丛慢慢覆了下来，与古都相对的东山上，升起一轮圆月。大殿前左右两侧燃着篝火，僧侣们来到殿前，开始诵经，身穿鲜红色袈裟的是首座僧。"请赐我们光荣的力量，新生的力量……"一人诵，众人和，一旁还有管风琴伴奏。

善男信女们每人手擎着一支点燃的蜡烛前行。大殿正前方摆着一只银色大酒杯，杯中盛满了水，皎洁的圆月倒映在杯中。僧侣将杯中之水洒在每个走上前来的信众手掌，善男信女喝下掌心的水，音子和景子也喝下了。

"老师，等我们回到家，不动明王的绿色脚印一定会印在房间里的。"景子说。

山上的情形就是这样。

梅雨的天空

大木年雄写小说感到厌倦或写不下去时，便在走廊的躺椅上休息片刻，如果是午后，经常就干脆睡上一小时或一个半小时。这个午睡的习惯是最近一两年养成的。以前遇到这种情况，总是出去走走散散步。然而在北镰仓住了多年，圆觉寺、净智寺、建长寺等寺院以及附近的各个山丘的景物都已经看不胜看了。况且，早起的大木早晨已经短时散步过了，因为他的性格就是，一旦醒了便在床上懒不下去。早晨散步也可以让女佣毫不拘谨地打扫以及准备早餐。另外，晚饭之前还有一次时间稍长的散步。

书房门口的走廊很宽敞，走廊一隅放了一张写字桌，他有时候坐在书房的榻榻米上写作，有时候坐在走廊的书桌前写作。走廊上还放了一张很舒适的躺椅，往这张躺椅上一躺，令人烦恼的工作立即从脑海中被赶走，真是太不可思议了。手头干着活的时候，常常夜里睡不实，有时做梦还是与工作有关，而睡在这张躺椅上很快就能入睡，所有事情全都抛到脑后去了。大木年轻时没有午睡的习惯，多数的日子一过中午就陆续有客人来访，根本无法午睡，写作也只能在夜里，基本上从半夜写到清晨。自从将夜间的工作改到白天后，也开始形成了午睡的习惯，但午睡的时间没有一定，写不下去的时候也就是倒到躺椅上的时候，有时是中午前，有时却要到临近傍晚。夜间工作的话，往往疲倦了反而神思飞扬，但白天工作就很少会那样。

"写不下去就大白天睡觉，这不说明自己年老力衰了吗？"大木想，"不过，这躺椅真是神奇啊！"

走廊的这张躺椅，什么时候躺下去都能入睡；睁开眼睛，还能感受小憩之后的神清气爽；写作走入苦境时，躺在上面则常常会顿豁新的思路——这真是一张神奇的躺椅。

眼下已进入梅雨季节，这是大木最讨厌的季节。北镰仓与镰仓那边的海中间隔着丘陵，相距甚远，但是来自海上的湿气仍然很重，天幕也垂得很低，大木老是感觉大脑右上部像有一团阴云，总也不肯移去因而脑袋沉重，仿佛大脑的沟回都快要发霉了，有时候需要上下午各到神奇的躺椅上睡一觉。

"有位从京都来的姓坂见的客人来了。"女佣前来通报。

大木刚刚醒来，但仍躺在躺椅上。见他没有应答，女佣试探着说道："就说您正在休息，让她先回吧？"

"不。是位小姐吧？"

"是的，之前来过一次……"

"先把她引到会客室吧。"

说罢大木的头仍贴在躺椅上，闭上了眼睛。午睡之后，梅雨季节特有的倦怠感觉稍稍减轻，更主要的是，听说坂见景子来访，大木就像冲了个冷水浴一样，整个人一下子被激醒了。大木起身，真的用水洗了把脸，还用水擦了擦身上，然后走向会客室。景子看见大木，从椅子上站起来，双颊微微泛红。这倒出乎大木的意料。

　　"欢迎欢迎！"

　　"突然造访，实在是……"

　　"哪里。今年春天你来的那次我刚好到附近的山丘散步去了，你再多待一会儿就好了。"

　　"那次有劳太一郎先生送我的呢。"

　　"是呀，他领你在镰仓什么地方转了转吧？"

　　"是的。"

　　"你是在东京长大的，镰仓那地方对你来说也没什么好玩的吧，而且和京都、奈良相比，镰仓简直没什么地方特别值得一看了。"

　　"……"

　　景子注视着大木的脸，说道："落日融入大海的景色非常壮观呢！"

　　儿子带景子去海边了？大木暗自吃了一惊，不过仍不动声色地说道："上次见面还是元旦那天早晨你到京都车站送我，转眼已经半年了哩。"

　　"是的。先生，半年时间长吗？先生觉得很长吗？"

　　大木没有领会景子这句古怪问话的本意，便不置可否地答道："说长也很长，说短也很短吧。"

景子似乎对这样的回答了无兴趣，她脸上一丝笑意也没有。

"假如你有一个恋人，半年不见的话，就会感觉很长对吧？"

"……"

景子仍然露出感觉无趣的样子。她那对微微发蓝的眼眸似乎在向大木发出挑逗。大木有点心绪不宁。

"肚里的孩子，半年的话就会在腹中动了呢。"大木这么说，景子也没有显得腼腆害羞，"季节也从冬天快进入夏天了，现在，正是我最讨厌的梅雨季节……"

"……"

"时间这东西，自古以来就有许多人进行过哲学思考，但是好像还没有个一锤定音的答案，时间可以解决一切问题这种世俗的观念虽然很有说服力，但我对此还是抱怀疑的态度。还有，人死万事休，景子小姐你对这句话怎么看？"

"我还没那样悲观厌世。"

"这和厌世观不是一码事。"这下大木似乎稍微抓住了一点对话要点，"说起来，我的半年和年轻的景子小姐的半年尽管时间长度相同，但是意义完全不一样。又比如说，得了癌症这样的病，只有半年的存活期，这样的人的半年就又不一样了对吧。还有，有的人遭遇意想不到的交通事故或者其他事故，突然间就失去了生命，还有战争……即使没有战争，人也可能会被杀死。"

"先生您不是艺术家吗？"

"不过是留给后人耻笑罢了……"

"让人耻笑的作品是不会流传下去的。"

"是吗？如果真是那样的话倒值得庆幸，不过也不见得都是那样，假如像你说的那样，我的作品就可以全部消失，荡然无存了，对我来说，还是那样好。"

"您怎么这么说……先生，您写我老师的《十六七岁的少女》，就是可以流传后世的作品，这您不知道吗？"

"又是《十六七岁的少女》啊，"大木面露愁容，"连作为音子老师弟子的你也这么说啊。"

"因为我一直在老师身边嘛，请原谅。"

"不不，没什么……真叫人哭笑不得呀……"

"大木先生，"景子的表情倏地活泼起来，"在和我老师之后，您还有过恋爱对吧？"

"嗯……哦，有过，但是不像和音子老师的时候那样一场悲剧……"

"那为什么那段恋爱没有写出来呢？"

"是啊，那个……"大木略微迟疑了一下，"她当时和我约定了不要写她，所以就没有写。"

"真的？"

"也许作为作家来说有点惰弛了，完全迸发不出写音子老师时的那种年轻的激情。"

"假如是我的话，先生无论怎么写都行呀。"

"噢！"大木不禁愕然。迄今为止，景子只在三十一日晚上受音子委派到京都大酒店来接自己，元旦早晨到京都车站来送行，加上今天来北镰仓的家里做客，自己和景子总共才见过三次面，况且不是会面的那种见面，仅此而已，怎么可能将她写进小说呢？充其量借用一下景子的外貌来描摹小说中的虚构女性而已。景子与儿子太一郎一起去过镰仓海边，难道是那时候发生过什么事情？

"我好像有了一个很不错的原型哩。"大木看着景子，想用笑搪塞过去，然而他的笑却被景子灵秀的眼睛中透出的那股娇媚没收了，景子眼睛湿润，看上去好像含着泪水，大木一时话接不下去了。

"上野老师说要给我画肖像。"景子说。

"是吗？"

"我今天又带来一幅画，想请先生过目呢。"

"噢？抽象画我可是不太懂哦，我们还是去那边的客厅看吧，这儿地方太窄了。上次那两幅画，我儿子都挂在书房里了。"

"他今天不在家吗？"

"是啊，今天先去研究室，然后还要去大学讲课。我妻子去观赏日形净琉璃了。"

"就先生一个人在太好了。"景子用低得几乎听不见的声音咕哝道，随后走到门口，拿起搁在那儿的画来到客厅。画装裱在简陋的白木画框内。画以绿色为基调，画面各处大胆而随心所欲地涂抹着各种色彩，整个画面呈现出一种波浪起伏的感觉。

"先生，这对于我来说就是写实的画了，画的是宇治的茶园。"

"是吗，是……茶园？"大木一边看着画一边说，"波浪起伏、很有动感的茶园哪，好像迸发着一种青春活力的茶园哪，我看第一眼的时候，还以为是抽象表现一颗仿佛马上要燃烧的心哩。"

"我真高兴，先生，您这么看……"景子在大木身后跪坐下来，下巴几乎搁在大木的肩头，香暖的气息吹进大木的发丛。

"大木先生，您能感受、感受到这幅画就像我心里的波浪，我真是太高兴了！"景子重复道，"要是作为茶园的画，实在太蹩脚了……"

"真有一股年轻的气息啊！"

"我到茶园的确是去写生的，不过我也就刚开始的半小时，顶多一个小时，才会把它们看作是一棵棵的茶树、看作是一垄垄的起伏的茶树林。"

"是吗？"

"茶园里非常安静，但是，那些绿色的鲜嫩的圆形树垛就像起伏的浪花一样，滚滚向我扑过来，于是我自然而然就画成了这个样子，这不是抽象画哦。"

"茶园刚刚长出绿色新芽的时候，颜色很疏淡，不怎么引人注目的。"

"先生，我不懂什么疏淡不疏淡的，无论是画还是感情……"

"感情也……？"大木回头的瞬间，肩膀正巧触到了景子丰满的胸脯。景子的一只耳朵就在大木眼前，"照你这么说的话，说不定还会把这只漂亮的耳朵给切掉吧。"

"我可不想成为像凡·高那样疯狂的天才，除非是有人把我的耳朵咬掉……"

"……"

大木吃了一惊，他摆动肩膀大幅度地转过身，在他身后几乎贴着大木跪坐在那里的景子被撞到，身子摇摇欲倒，大木一把将她抓住。

"平淡质朴的感情，我特别不喜欢。"景子保持着这样的姿势说道。这个姿势，只要大木手腕稍稍一使劲，景子就会跌倒在大木腿上，而且胸脯仰天向上，就像在期待着接吻似的。

然而，大木手上没有用劲，于是景子便保持着这个姿势不动。

"先生……"景子喃喃道，眼睛则凝视着大木。

"耳朵的形状很可爱、很漂亮，可是你的侧脸看上去却是又美又好像带着妖气呢。"

"先生您这么说，我太高兴了！"景子细长的脖颈微微泛起红润，"您的话我会记一辈子的。不过，被先生您这么夸赞的美不知道能保持几时啊？想到这一点，唉，女人真是可悲呀。"

"……"

"虽然被人看着怪不好意思的，但是被先生您这样的人看，是女人的幸福呢。"

大木被景子炽热的话语惊到了。但是，假如这是爱情的表白，就完全没什么可震惊了。

大木声音略显拘窘地说："我也觉得幸福呀。你不只有美，还有很多很多哩。"

"是吗？我只是一个喜爱作画的无名小辈，又不是模特儿，不明白您说的……"

"画家可以堂而皇之地使用人体模特儿，作家就不行，关于这一点，我还真是不大苟同哪。"

"假如，我能帮得上什么忙的话，请不必顾虑……"

"那可太谢谢啦！"

"先生，我刚才说了，假若我的话，您怎么写我都不在乎的，不过，假如先生的想象甚至幻想比实际生活中的我再美一点，又稍稍带些悲情的话，那就更好了。"

"那是抽象的呢，还是写实的呢？"

"那就随先生您的便了。"

"不过呢，美术中的模特儿和文学中的模特儿还是有着本质上的区别的。"

"我明白，"景子扑闪着浓黑的睫毛，"可是，我的茶园画虽说很稚嫩，但它也不能仅仅被视为茶园画，它不完全是对自然的写生，我把自己也作为描绘对象画在作品中了……"

"任何一幅画都是这样的啊，这跟抽象还是具象没有关系。但是有一点，即使美术作品也一样，如果描绘对象不是人体的话，是不能称为模特儿的，小说也是，小说的模特儿仅仅指人，虽然也会描写风景啊花草啊什么的，但那些都不能称为模特儿。"

"先生，我是人啊。"

"多美的人啊。"大木给景子的肩膀借把力，将她扶了起来，"美术模特儿，即使是裸体模特儿，只需要摆个造型就可以了，但小说的模特儿可不止这样……"

"我知道的。"

"你确定你这样说吗？"

"是的。"

年轻的景子如此之大胆，令大木大为震惊。

"你的音容笑貌，或许我会借用到小说中的女主人公身上……"

"那样也太没意思了。"景子娇艳万般地步步紧逼。

"女人真是不可思议呀，"大木退缩了，"至少会有两三个人认为某一部小说写的是自己，自己就是那部作品的原型，而她们竟然都是作者完全不相识、与作者没有半点关系的人……这是一种什么妄想啊？"

"因为大多数女人都有一段悲戚的故事，所以才会陷入这种妄想症状，我觉得，这可能也算是一种自我安慰吧。"

"不是脑子坏了？"

"女人是容易脑子坏掉。先生您有没有做过让女人脑子坏掉的事呀？"

面对这个毫无防备的诘问，大木一时无以作答。

"先生您会不会冷眼静观，等着女人脑子坏掉？"

"呃……"大木实在答不上，只好设法岔开话题，"不过呢，小说的模特儿可不像美术模特儿，嗯，是要无偿做牺牲的。"

"我喜欢别人让我为他做牺牲，假如能为一个人做出牺牲，也许这就是我活在世上的价值呢。"景子的这番话无疑又出乎大木的意料。

"也许景子小姐可以随心所欲地做出牺牲，但是反过来说，你这样做也是在要求对方做出牺牲啊……"

"不，先生，这不一样，甘愿自我牺牲的基础是爱，是敬仰。"

"景子小姐现在为之牺牲的人，是音子老师对吧？"

"……"

"是音子老师吗？"

"也许是吧。不过，音子老师是女人，女人为女人而牺牲的生活中，是不可能没有烦恼的。"

"哦，我不明白。"

"两个人有一起毁灭的危险……"

"两个人一起毁灭……？"

"是的。"

"……"

"即使一点点的彷徨犹豫，我都不会有，我希望忘掉自己、彻彻底底地投入其中，哪怕只有五天，或者十天。"

"可即使是结婚，也很难做到那样啊。"

"我之前也有过好多次可以结婚的，可是结了婚，那种忘我的牺牲就无法持续下去了。先生，我不想回顾之前的自己。

刚才我也说了，我对什么疏淡的感情，真的非常非常讨厌。"

"遇见喜欢的人，爱了四五天就非死不可，这种话还是不说为妙。"

"没错。自杀一点也不可怕。比自杀更加叫人讨厌的，是失望和厌世，假如先生将我勒死，我感觉也是幸福的。噢对了，在这之前，请先让我给先生当一回模特儿……"

大木年雄不能不这样怀疑：景子是来诱惑自己的吧？当然仅凭今天这样的举止，还不能断定景子就是个妖妇，但是这姑娘作为小说的模特儿应该还是很有趣的。不过，一旦爱上景子然后再分手的话，难保她不会像《十六七岁的少女》中的音子那样，最后也被送进医院去看精神科。

今年早春时节，坂见景子带了自己的两幅作品《梅》和《无题》来造访时，大木年雄恰好散步外出、站在北镰仓的山丘上眺望着晚霞，于是由儿子太一郎接待了她。告辞的时候太一郎去送景子，照今天景子的话来看，不是送至北镰仓车站，而是二人一起去了镰仓海滨。很显然，太一郎受年轻妖妍的景子的诱惑被她迷住了。

"……儿子可不行，会被景子毁掉的。"大木暗自思忖，"这可不是因为年纪大了嫉妒。"

景子对大木说："这幅茶园的画假如能挂在先生您的书房里，那我就感谢不尽了。"

"哦，那就挂吧。"大木似乎并不十分情愿地答道。

"希望先生能在像是黄昏的微暗地方看到它，那样的话，茶园的暗色就沉了下去，而我随性加上去的各种色彩就会浮现出来。"

"哦？那好像会做奇妙的梦呢。"

"什么样的梦？"

"嗯，青春的梦吧。"

"真高兴！这么叫人高兴的话，您真是这么说的吗？"

"你很年轻啊。高低错落的茶垛的绿色代表音子老师，看上去不像茶园新绿的那些色彩就是景子小姐你吧。"大木年雄说。

"先生，哪怕挂一天也行啊……然后，您尽可以塞进壁橱里，让它沾满灰尘也无所谓，本来就是不登大雅之堂的东西，再然后，我可以用小刀把它割碎掉。"

"啊？"

"我说的是真的，"景子不可思议地一脸谦逊的样子，"不登大雅之堂的东西，不过哪怕就一天也好，好想挂在先生的书房墙上……"大木一时间接不上话，景子低头沉默了片刻，继续说道："这样蹩脚的画作，真的会让先生梦见什么吗……"

"说起来挺不好意思的，这画激发我梦到的，说不定不是关于画的梦，而是关于你的梦呢。"大木说。

"请便啦，随您梦见什么……"这下景子漂亮的耳朵微微泛红了，她说："可是，先生您说梦见我，但您好像没有什么行动吧？"景子抬起头来凝视着大木，渐渐地，她的眼睛湿润了。

"噢，不会不会。上次你拿来两幅画的时候，我儿子本来送你到北镰仓车站就行了，可他一直陪着你去了镰仓海滨对吧？今天就让我送你吧！好吗？反正家里人都不在，晚饭也不能招待你。我马上叫辆车。”

车子穿过镰仓市街，沿着七里滨海岸驶去。景子坐在车上没有说话。

梅雨季节的相模湾，海面和天空都是灰蒙蒙的。

到了江之岛水族馆，二人下车，吩咐车子在外等候。

买好了海豚的饵食乌贼和竹荚鱼。海豚从水中翩翩游来，从景子手上叼去饵食。景子变得大胆起来，拿着饵食的手越举越高，海豚也随之越跳越高，腾空跃起扑向饵食。此时的景子仿佛完全成了一个天真的女孩，兴奋得难以自持，一点也没有注意到雨滴已经开始落下。

“趁雨还没有下大赶紧走吧！”大木催促着景子，“裙子全都湿了。”

“啊，玩得太开心啦！”

坐上车后，大木对景子说道：“在这附近，伊东温泉稍稍过去一点的地方，有时候会出现一群群的海豚呢，据说有些男人脱光了衣服跑下海去，还真能抓得住海豚哩。不过海豚在胳肢窝下面挣来挣去的痒死人，我是受不了。”

“噢？”

“不知道年轻姑娘下去会怎么样？”

“讨厌先生！还不是挣来挣去，被它弄得痒痒的吗？”

“海豚应该很温驯的吧。”

车子来到山上的旅馆。眼前的江之岛一片灰蒙，三浦半岛在左前方朦朦胧胧的也看不分明，梅雨变成了大颗大颗的雨珠，天地间弥漫着浓重的烟霭，正是梅雨季节特有的景象，连跟前的松树林也看不清了。

进到客房，只觉得身上发黏。

"景子小姐，我们回不去了，"大木开口道，"这样浓的雾，开车很危险的。"

景子点了点头，没有丝毫为难的样子。这令大木有点惊讶。

"身上黏黏答答的，趁现在还没到吃晚饭的时间，我得去冲洗一把……"大木用手掌搓着脸说道，"景子小姐要不要像喂海豚一样，给我喂点什么呀？"

"先生，您这话太过分了，把自己跟海豚相提并论……为什么非要受这种羞辱呢？把自己比作海豚玩……"景子靠在窗户前答，"海这么暗。"

"啊失礼失礼，不好意思。"

"再怎么的，说句'我想好好看看你'之类的……或者，什么都不用说，直接把我抱过去……"

"你不会反抗吧？"

"不知道……玩海豚的游戏太过分了。我不是个老于世故的女人，难道先生是那种堕落的人吗？"

"堕落么？"大木丢下这句话走进了浴室。

大木先冲了一把淋浴，然后在西式浴缸中简单泡了泡便爬出了浴缸，一边用浴巾擦拭着身子，一边顶着湿漉漉的头发从浴室走了出来。

"你去洗吧，"他没有看着景子，"我给你重新放上了水，已经差不多一半了吧。"

景子不动声色地望着窗外的海。

"雨越来越大，雾也越来越浓了，连附近的半岛都朦朦胧胧的看不清了。"

"伤感了？"

"浪的颜色也不喜欢。"

"身上又湿又黏的不舒服吧？水已经给你放好了，快去洗一洗吧。"

景子点点头走进浴室。浴室里一片安静，听不见哗哗水声。隔了一会儿，景子却是一副浴后的样子走出浴室，径直走到化妆镜前坐下，打开了手袋。

大木站在她身后搭讪着道："我刚才用冲淋器洗了头，可是没什么可搽的，头发干扎扎的……发蜡倒是有，不过那股味道实在讨厌。"

"先生，这个香水怎么样？"说着景子递给大木一个小瓶子，大木嗅了嗅问道："是先抹上那个发蜡，然后再洒这个香水吗？"

"洒一点点就行了。"景子冲大木露出了微笑。

大木抓住景子的手："景子小姐，你什么也不用，就这样不化妆的样子……"

"啊痛，好痛啊！"景子转过身去，"不行啊先生。"

"景子小姐不化妆的素颜才好看哪，还有整齐的牙齿和眉毛也好看。"说着大木将嘴唇落到景子红润的脸颊上。

"啊！"

化妆镜前的椅子倒了。景子也一同摔倒在地。大木的嘴唇吻在了景子的嘴唇上。

长长的接吻。

大木感觉有点喘不过气来，这才将脸稍稍侧开。

"别，先生！继续……"景子勾住了大木的脖颈。

大木一边心里吃惊，一边说道："就算是海女，憋气憋这么长时间也要失去意识啊。"

"让我失去意识好了……"

"女人气息更长。"大木开了个玩笑，然后将嘴唇再次吻了上去。时间过去许久。大木又一次感到喘不过气来，他干脆抱起景子，将她放到了床上。景子弓起腰、弯起腿，整个身子缩掉了一大截。

大木动手脱景子的衣裳，景子虽然一点也没有反抗，但还是很费一番工夫。其间，大木意识到景子已经不是处女了，于是动作稍稍粗大了些，"老师，老师！"景子在身下呻吟着发出叫喊，"上野老师！上野老师！"

"啊？！"

大木以为景子在呼唤自己，待意识到景子是在呼唤音子，顿时泄了气。

"你在喊谁？上野老师？"大木扫兴地诘问道。景子没有回答，推开大木，躲了开去。

点景石——枯山水

京都寺院的石庭式庭园 ①，迄今仍有若干处被很好地保留了下来并闻名于世。西芳寺的石庭、银阁寺的石庭、龙安寺的石庭、大德寺大仙院的石庭、妙心寺退藏院的石庭等，称得上是其中的佼佼者了吧。尤其是龙安寺的石庭最为有名，甚至从禅学、美学的角度，可以说几乎被神格化了，当然这也不是毫无理由的。总之，对它众口一词的评价就是，这是一件无与伦匹的名作。

这些石庭上野音子全都观赏过，并且都印在了脑子里。今年有一次画画时，恰逢梅雨天刚刚出梅，于是顺路又来到了西芳寺后面的石庭。身为一名女画家，音子凭一己之力无法描摹这座石庭，它充满了石庭的力量感。

---

① 石庭式庭园：假山庭园，用岩石或小石块建成的日本式庭园。

虽说这座石庭不是最古老，也算不上最具有石庭表现力，但不论是否画它，音子都觉得它特别亲切，和山下苔寺的石庭比起来，位于后山的这座石庭完全是另一种韵致。没有从山下登上来参观的游客，音子悠闲地坐着，和石庭相对看不厌。此刻她打开写生本，也不会因为自己一会儿走到这儿，一会儿走到那儿，凝视打量着石庭，而被路过的游客看了见怪。

西芳寺由梦窗国师[①]于历应二年（公元一三三九年）始建，寺内不光建有堂塔，还挖掘有一方池塘、造了一座人工小岛，游人还可以走上山顶的缩远亭，俯眺古都的市街。这些建筑物都早已塌毁，庭园也因为遭洪水所淹而荒废，其后又重建过数次。如今庭园内的枯山水据说是沿着通往山顶缩远亭的石磴而造设的，再现了昔日的瀑布和小溪。园内这组点景石仿佛留住了往昔的风貌。

据说，后来千利休[②]的次子少庵也曾隐居于此，不过对于这些历史及传闻，音子完全没有兴趣考证，她来这里，仅仅就是为了欣赏园中的点景石。年轻的景子就像音子的跟包似的，寸步不离跟随着她。

---

① 梦窗国师（1275～1351）：本名梦窗疏石，日本镰仓末期、室町初期的临济宗僧人，因得后醍醐天皇、足利尊氏等皈依佛门而创建了天龙寺等不少寺院，使得该宗门流派得以兴盛。

② 千利休（1522～1591）：日本茶道的集大成者，曾先后侍奉织田信长和丰臣秀吉，其提出的"和、敬、清、寂"的茶道思想对日本茶道发展有着极其深远的影响。

"老师，这点景石也都很抽象嘛，"景子道，"用绘画来形容的话，是不是有点像塞尚《埃斯塔克海湾》画中的岩石那样刚劲有力啊。"

"景子，你连这个也知道啊。不过，那不是自然的岩石吗？即使不像通常所说的山岩那么巨大，可毕竟是海边的岩石堆呀……"

"老师，要是将这样的点景石画下来，那就是抽象画嘛。把这样的岩石用写实手法画下来，我可没有这个功力。"

"是啊，我也并不是说要画……"

"让我大马金刀地来画画看好吗？"

"那也许是个好主意呢。你上次画的茶园就很有味道，很有朝气呀——那幅画也拿到大木先生那里去了吧？"

"是的，不过现在说不定已经被他夫人撕碎或者毁坏了……我和大木先生一块儿在江之岛的旅馆住了一晚，大木先生说要玩什么海豚游戏，我看他也堕落了，但是，当我喊出上野老师的名字之后，他一下子就变得安静了……大木先生至今还对我老师怀有感情，还有点懊悔，真让我有些嫉妒呢……"

"你和大木先生……你到底想干什么呀？"

"我要毁掉他的家庭，为我老师复仇啊。"

"复仇……？"

"我不想看到现在这样子，老师至今还爱着大木先生，经历了那么多痛苦，现在还爱着他，女人的痴情……我最讨厌！"

"……"

"我嫉妒。"

"嫉妒？"

"是的，嫉妒。"

"出于嫉妒，就和大木先生一起去江之岛的旅馆？如果说我现在还爱着大木先生的话，嫉妒的应该是我呀！"

"老师，您真的嫉妒我？"

"……"

"如果是那样，我真高兴。"景子写生的笔快速挥动着，"我在旅馆睡不着，可是大木先生却好像舒舒服服地入睡了。我讨厌五十来岁的男人……"

音子胸口扑通扑通直跳，她很想知道两人睡的是单人床还是双人床，但又不好开口问。

"看着睡得死沉死沉的大木先生，想到我轻而易举就可以把他勒死，我真开心，真开心啊……"

"哎呀，好险！你这个人太可怕了！"

"我只是那么想想而已，光是想一想就很开心了，开心得睡不着。"

"你说你这样是为了我？"音子写生的手微微有些颤抖，"可我不觉得这是为我呀。"

"是为了老师呀。"

音子从未像现在这样对性格乖戾的景子感到不安，她说道："景子啊，请你以后不要再去大木先生家了，谁知道这样下去会发生什么事呢。"

"老师，您在医院的时候，有没有想过恨不得杀了大木先生？"

"没有。不错，我那时精神是有点失常，但没有想过杀人什么的……"

"是因为您对大木先生恨不起来，相反您还爱着他的缘故？"

"我的情况是，毕竟还有孩子……"

"孩子……？"景子停顿了一下，"老师，我、我不是也可以给大木先生生孩子吗？"

"啊？！"

"那样的话，不是把大木先生葬送了吗？"

音子像是挨了一棒似的，怔怔地看着女弟子。从这细长的脖颈、美丽的侧脸那儿，竟然说出如此可怕的话来！

"当然可以生了，"音子尽量克制着自己，"你，是不是自己搞糊涂了？你和大木先生生不生孩子，跟我毫无关系啊。但是，一旦真有了孩子，话就不是这样说了，什么都会变的。"

"老师，我不会变的。"

和大木一同在江之岛的旅馆过夜，景子到底做了什么事？不仅从景子的话里，更是从景子说话的态度中，音子觉察到景子可能有什么事情瞒着自己。嫉妒也好，复仇也罢，景子似乎在用这种激烈的言辞掩饰着什么。

可是，音子一想到自己竟仍然因为大木年雄而嫉妒，便垂下了眼皮，点景石像影子一样残留在眼底。

"老师，老师！"景子抱住音子的肩头，"您怎么了？突然间脸色这么苍白……"随即，景子在音子腋下狠狠掐了一下。

"哎哟痛，好痛啊！"音子踉跄着单腿跪在了地上。景子将她抱起，说：

"老师，我心里只有您，只有音子老师。"

音子默不作声地拭去额头上的冷汗。

"景子啊，你说那种话会遭遇不幸的，一辈子都会不幸……"

"管它幸不幸的，我才不怕呢。"

"因为你还年轻，又漂亮，所以才这么说，可是……"

"只要能待在上野老师身边，我就觉得很幸福了。"

"谢谢你能这么说，可我终究是个女人呀。"

"我讨厌男人……"景子斩钉截铁地说。

"那可不行啊，如果真的那样，往后……"音子的声音透着悲切，"你的画风就会变得面目全非呀。"

"可是画风一成不变的老师，我可不喜欢……"

"你讨厌的事情还真多呀。"音子稍稍平静了一些，"景子，把你的写生本给我看看。"

"是。"

"这是什么？"

"看您说的老师，这不是点景石吗？您仔细看看……因为我试图表现一些没法表现的东西。"

"嗯……"音子看着看着，脸色又大变。没错，这是单色的水墨写生，乍一看不知道画的是什么，但似乎其中回响着一种不可思议的生命的声音，这是景子以前的画中不曾有过的。

"你到底是和大木先生在江之岛的旅馆发生了激情对吧？"

音子的声音有些颤抖。

"激情？那就算是激情吗？"

"你的画面目全非了。"

"老师，我全都告诉您吧：大木先生连一个长一些的吻都不肯。"

"……"

"男人就是那样的吗？"

"……"

"对我来说，这是我和男人的第一次。"

音子猜不透景子说的"第一次"究竟外延在哪里，只得继续审视着景子的写生画稿。

"我真想变成这枯山水中的石头呢。"她突如其来地咕哝道。

梦窗国师造设的这组点景石，历经数百年，朴重颓荒，带着古旧的苍黯之色，分辨不清是天然而成的还是人工摆置的，当然它无疑是人工摆置的，而现在，这些崚嶒的石头正以前所未有的法力，向音子迫逼而来，那股巨大的精神上的重压，令音子感到十分压抑难受。

"景子，今天就到这儿好吗？我觉得石头有点可怕起来了。"

"好呀。"

"这石头上也不能坐禅，我们回去吧！"音子踉跄地站起身来，"这种东西我画不好，这是抽象的东西，所以景子你那种自由奔放的写生方法，也许倒能捕捉到点什么吧。"

"老师，"景子握住了音子的手，"我们回去玩海豚游戏吧？"

"海豚游戏？海豚游戏是什么？"

景子娇媚地笑着，往左手边的竹林走去。

这片竹林，大概就是摄影家土门拳氏拍摄过的美不胜收的竹林。

音子穿过竹林旁，与其说面露抑郁，不如说是脸上布满了紧张之色。

"老师，"景子在音子的后背上轻拍了一下，"是不是那组点景石把老师的魂给摄走啦？"

"魂倒是没有被摄走，不过我真想连着好好欣赏几天呢，不带笔和写生本子。"

景子一如往常，满脸露着明快和朝气说道："不就是些石头吗？像老师这样一个劲地看，也许会呈现出石头的力量之美和掩藏在绿苔下面的美，但石头仍然是石头……"景子接着说，"俳句家山口誓子曾经写过这样一篇文章：'每天每天，都与枯山水无缘，终日只有大海，每天从早到晚没有枯山水照样过着日子……直到后来移居京都，才终于悟透了枯山水。'——记得文章里有这样的句子。"

"大海和点景石啊，和大海还有天然的大山的岩石或者岩壁比起来，小小庭园中的点景石自然是人造的啦……"音子说，"可尽管这样，这些石头我还是不可能画好它。"

"老师，这是人造的抽象物呀。颜色，我觉得我能够按我喜欢的那样用好，然后画成我喜欢的抽象形状……"

"……"

"石庭是从什么时候开始有的？"

"不大清楚，反正室町时代以前好像还没有吧。"

"用的岩石和石头呢？"

"那有多古老恐怕谁都不清楚吧？"

"老师想画比那岩石和石头留存更久远的作品吗？"

"不敢有那样的痴心妄想。"音子叹息道，"我想，不管是这西芳寺的庭园也好，还是桂离宫的皇家庭园也好，数百年来，树木从生长到枯萎，加上遭受风雨，凋朽腐烂，变得和最初的样子完全不一样了，但石头是不会怎么变的。"

"老师，可我觉得任何东西都应该彻底变化、彻底消亡了才好。我之前画的茶园画，现在大概已经被大木先生的夫人撕毁或者剪碎了吧，就因为我和大木先生在江之岛的旅馆一块儿住了一晚……"景子说。

"那是幅很不错的画……"

"是吗？"

"景子，你是不是只要画成一幅好画就打算拿到大木先生那里去？"

"是的。"

"……"

"直到完成为上野老师复仇。"

"我不是和你说过好几次了吗？复仇之类的话不要再说了，可你……"

"这个我明白，可是又不明白，"景子依旧很明快，"这是女人的痴迷呢还是女人的固执？又或者是女人的嫉妒？"

"嫉妒……？"音子抓住了景子的手，声音低低的，有些颤抖。

"音子老师现在内心深处还爱着大木先生，大木先生也在心底里偷偷爱着音子老师，聆听除夕之夜的钟声那会儿，我虽然身为一个姑娘，但我已经看出来了。"

"……"

"女人的恨，不就是爱吗？"

"景子，为什么要在这儿说这种话？"

"也许是因为我年轻的缘故，我从那枯山水的岩石和石头中看到了古代日本人的抽象性，只不过，那种抽象的精神实质对于现在的我来说是不能理解的，因为它们覆盖着有数百年光阴的古老颜色，所以我无法理解，不知道它们刚刚摆置起来的时候是什么样呢？"

"嗯，即使刚刚摆置成的时候，在景子眼里，也会让你幻想破灭呢。"

"假如我来画的话，就把点景石改成我喜欢的形状，把点景石刚摆置成时候那种扎眼的颜色，改成我喜欢的随便什么颜色。"

"是吗？那不就能画了嘛。"

"老师，那些石头的寿命比起老师您和我的寿命来要长得多啊。"

"那当然了，"音子说着，忽然感觉一阵凉飕飕的，"虽然不是永恒的……"

"我就画些短命的画就行了，只要能一直待在老师身边……哪怕我的画很快就被人撕毁也没关系……"

"因为你还年轻啊……"

"我那幅茶园的画如果被大木先生的夫人撕毁或者剪碎了，我反倒感到高兴，因为那样做说明她的感情受到了多么大的刺激。"

"……"

"我的画本来就没有像模像样观赏的价值。"

"也不能那样断言……"

"我又不是什么天才，一幅也没指望能流传到后世。我就是喜欢老师，希望留在老师身边，能在日常生活中服侍老师，哪怕为老师洗洗碗涮涮杯子，我也是高兴的，何况老师还教我画画……"

音子十分惊讶，说："景子，你竟然这样想？"

"我内心深处就是这样……"

"虽然你这么说，可你的确有绘画的天分，有的时候，你都让我吃惊呢。"

"小孩的自由画……？小时候，倒是经常被贴出来挂在教室里。"

"和我这样平庸的画家比起来，我觉得你比我更加具有成为一位与众不同的画家的潜质，我有时候真羡慕你。景子，请你以后不要再说那样的话了。"

"好吧。"景子坦率地点了点头，"只要我还留在老师身边，我一定会好好努力的。"景子点头的姿势很美，"老师，我们不再谈画了好吗？"

"你明白我的意思了？"

"明白了，"景子又点了点头，"只要老师不丢弃我……"

"我怎么会让你离开呢？"音子加重语气说道，"不过啊……"

"不过？不过什么？"

"身为女人，逃不过要结婚，还有生孩子。"

"这个呀……"景子爽朗地笑了，"我不会碰到这些事的。"

"都是我的罪过，请你宽恕。"

音子有点沮丧地转头朝向一旁，摘下一片树叶，默不作声地走了一会儿。

"老师，女人很可怜是吗？年轻的男人是不会爱上一个六十岁的老太婆的吧，可是一个十几岁的女孩子却可能真心爱上一个五六十岁的老男人，并不单单受欲望驱使……是吧，老师？"

音子一时不知如何回答才好。

"老师，像大木先生这样的人，现在完全不可理喻了，他大概把我想象成一个厚颜无耻的女人了，可我还是个少女呢……"

音子脸色苍白。

"不光是这样，还有在情急之时我下意识地喊出了'上野老师！上野老师！'结果他什么也不敢做了。"

"……"

"为了上野老师，我受到了一个女人可能受到的最大的羞辱。"

音子的脸色愈加惨白，膝盖也似乎在打战。

"是在江之岛的旅馆？"音子终于张口发问道。

"是的。"

由于某种理由，上野音子无法对景子提出抗议。

车子驶抵音子她们居住的寺院。

"要说是那句话解了围的话，也算是吧……"说到这里，景子也不由得红了脸："老师，大木先生的孩子生下来送给您好吗？"

猛地，景子的脸颊上重重地挨了一记耳光，痛得景子眼眶里差点迸出泪来。

"啊！痛快！"景子道，"老师，再打我一下！再打我一下！"

音子浑身发颤。

"再打我一下……"景子仍在重复着。

音子结结巴巴地说："景子，你怎么会说出这种可怕的话？"

"不是我的孩子，我想说的是上野老师的孩子！我生了孩子送给老师呀！我想从大木先生那里把老师的孩子偷回来，送还给老师……"

音子的又一记耳光重重地扇过来。这下，景子终于哭了出来，她抽抽搭搭地解释说："不管老师、老师您现在还多么爱着大木先生，也已经不能和大木先生生孩子了，不能生了！我和他没有感情，但是能生孩子，这样的话，我想就和上野老师您自己生的一样……"

"景子！"音子叫了一声，跑到廊檐上，抬脚将那儿的一只装萤火虫的笼子踢到庭院里去了。

笼子从音子没有穿鞋的脚尖飞了出去，可就在飞出去的一瞬间，笼子里的萤火虫同时流泻着青白色的荧光，散落在庭院的绿苔上。夏日长昼的天空也开始降下黄昏的阴霭，庭院里飘浮着似有若无的雾岚，不过此刻仍是明亮的白昼，萤火虫应该是不会闪烁萤火的，甚至连些微的白色都看不到，之所以看上去像是流泻出青白色的荧光，或许只是音子眼睛的感觉，心灵的感觉吧。音子身体僵硬地站在那里，凝视着飞落在绿苔上的萤火虫笼子，眼睛眨也不眨。

景子停止了啜泣，屏息觑视着音子的背影。景子挨音子打的时候，没有躲闪，只是用右手拄着榻榻米，防止跪坐着的膝盖斜岔里扑倒，就这样一动不动。音子僵立着的身影，似乎使得景子的姿势也僵硬了。所幸，只是短暂的一小会儿。

"哟，先生您回来啦！"美代走上前来招呼二人，"先生，洗澡水已经烧好了。"

"噢，谢谢！"音子说道，声音好像有什么东西堵在喉咙里似的。这时她方才意识到，腰带里面已被汗水濡湿，很不舒服，胸口也沁出一片冷汗。

"虽然不是那么热，但这天气真叫人讨厌，湿黏湿黏的……是梅雨天还没过去呢，还是梅雨天又回来了？"音子说，她没有看向美代，"洗洗澡太好了。"

美代是寺院的女佣，但也兼着照管音子她们居住的偏院这边的杂活，从打扫、洗涮到收拾厨房，有时候还烧烧饭做做菜什么的。音子喜欢下厨，做起来也得心应手，但有时一心一意扑在绘画上，便懒得生火做饭了，景子也令人想象不到地能做一手京都风味的美味菜肴，但只有心血来潮时才肯露一手，于是很多时候，两人就靠美代帮着做些简单的饭菜来解决午餐和晚餐。美代大约五十三四岁，来寺院已有六年，做事一直都很勤快。寺院里还住着年轻的媳妇和孩子他母亲，但是到偏院来帮忙的多半都是美代。她个头矮小，身材粗胖，手腕和脚踝像扎了细绳的腊肠似的，圆鼓鼓的。

美代今天照例扭动着浑圆的肩膀、带着开朗的笑脸来到偏院，她的视线停在了庭院里的笼子上：

"先生，您是想让萤火虫吸点夜里的露水吧？"

她踩着踏脚石走到笼子旁，大概是看见笼子横倒在地上，所以才这样发问。美代蹲下去将笼子扶正，没有把它拾起来。她以为笼子是故意放在那里的。

美代站起身，从庭院自然而然便看得见廊檐上的音子，但音子不等与她对视便别转身去，朝后面的浴室走去。美代与景子打了个照面，被景子湿润的目光刺了一下，赶紧俯下头，然而景子脸色苍白、只有半边脸颊通红，却已经被她看在眼里，心想肯定有事情，便忍不住问了一句：

"小姐，您怎么了？"

"……"

景子没有回答，不动声色地站了起来。

浴室里传来水声，好像是音子在往热水里兑冷水。也许水烧得太热了吧，水声响个不停。

景子站在画室墙上的镜子前，从手袋里取出化妆品在脸上补了补妆，然后拿起银制的小梳子。带有折叠镜的化妆台和穿衣镜都在浴室的外间小屋里。此时音子正在那里脱衣服准备洗澡，所以景子不便去那里化妆。景子从衣橱上面的抽屉里拿出放在最上面的一件不带里子的单层和服，内衣也都换了，最后将手穿进套在长衬衣外面的和服袖子，准备将和服合拢到前面对掖起来，可是手不大灵便。

　　"老师……"

　　景子情不自禁叫了音子一声。

　　俯着头的景子从和服衣袖和下摆的图案中仿佛看到了音子。这件和服的图案是音子专门为景子设计并练染的，画的是夏天的花卉，但那大胆的抽象技法令人不敢相信这是出自音子笔下，即使能看出画的是牵牛花，但怎么看都有些像虚幻之花。颜色也是时下新式和服的风格，浓淡很自由随性，清新凉爽，充满朝气。之所以设计了这样一件和服，是因为当时音子画画的时候，景子始终黏着音子寸步不离的缘故。

　　"小姐，您要出去吗？"美代在隔壁屋子里问道。

　　"你在看什么？"景子头也不回地说，"要是看我的话，干脆走到跟前来看好了。"

　　"……"

　　景子注意到美代正用异样的目光盯着自己，原来和服的前片没有掖整齐，腰带也没系好。

　　"您这是要出去吗？"美代又问了一遍。

　　"不出去！"

景子右手提着和服的大襟下摆，将腰带和腰带衬垫搭在左臂上，走向浴室外间的小屋，一边走一边气急败坏地吩咐道：

"美代，我布袜忘了，给我拿双干净的来！"

听到景子的脚步声，浴室内传出音子的招呼声：

"景子，这水刚好。"

音子以为景子是要进浴室洗澡了，但景子只是站在穿衣镜前系着腰带，她一使劲，腰带深深勒进了腰间。

美代拿来了景子的布袜，放在景子脚边，然后一声不响地走开。

"快进来呀。"音子再次招呼道。

音子胸口以下浸泡在浴桶中，眼睛看着入口的杉木板门，等景子入浴。感觉景子马上就可以推门进来，可是门外却静悄悄的，并没有脱衣的动静。

是不是景子羞于脱光衣服将裸体暴露在自己眼前，所以犹豫不定？这个疑念突然向音子袭来，她顿时感觉胸口一阵难受，于是手把着浴桶边沿站起身来，匆匆出浴。

景子是不想让音子看见自己和大木在江之岛的旅馆共度过一宿后的身子吧？

景子从东京返回已是半个月前的事了。在东京期间，景子去造访了大木家，然后大木带着她一同去了江之岛。回到京都后，景子也有几次和音子一起入浴，并没有刻意掩饰不让音子看到自己的身子。尽管如此，但景子亲口向音子告知自己和大木在江之岛旅馆共宿一夜，却是今天才明确说出口的，在苔寺后山的石庭前突如其来的那一幕，而且，景子当时的措辞非常的不寻常。

　　景子是个娇媚的姑娘，音子平素便了解她的种种言行，并且在一起生活不止一两年了。而景子之所以成为一个妖媚的姑娘，应该也有音子的影响吧，虽然不能说是音子将她培养成这样的，但音子在景子心里点燃了一把火却是不可否认的事实。

　　浴室里的音子额头上冒出串串汗珠，用手一抹，却是冷汗。

　　"景子，你不进来洗吗？"音子问道。

　　"嗯。"

　　"你不洗了？"

　　"不洗了。"

　　"把汗冲一冲也好呀……"

　　"我没有出汗。"

　　"……"

　　"老师，对不起！老师，请您原谅我……"

　　景子的声音脆亮而清晰。

　　"原谅……？"音子接着景子的话说道，"是我不好，应该是我向你道歉。"

　　"……"

　　"你在那里做什么呀？你站着吗？"

　　"我在系腰带。"

　　"哦，系腰带……？你说你在系腰带？"

　　音子感到疑惑，于是紧忙着擦拭身子，然后推开杉木板门走出来，看到了换上一身漂亮和服的景子站在那里。

"哎，你这是要出去？"

"是的。"

"上哪儿去？"

"上哪儿去，我也不知道。"景子一如既往的眼神中，夹杂着一缕惆怅。

刚刚出浴的音子光着身子，她似乎忽然觉得有点难为情，便扯过浴衣套在身上，一边还忍不住说道：

"我也和你一块儿去。"

"好吧。"

"不好吗？"

"没有啊，老师，"景子背对着音子，她的侧脸映在镜子中，"我在等您呢。"

"是吗？我这就马上换好衣服，你稍稍让一下。"

音子绕过景子身旁，坐到化妆台前，正好与镜子中的景子四目相交。

"去木屋町怎么样？那家'䣸①屋'……先给他家打个电话问问看，要是一楼没位子了，就二楼那间四席半的吧。哦对，随便哪间房间都行，只要靠河那面就可以……假如靠河的都订不上那就算了，再考虑其他的地方。"

"好的。"景子点头应着，随即又说："老师，我给您拿点冷水来吧，水里加点冰箱里的冰……"

---

① 䣸，读音 yǒu，古同"酉"，酉字"象器中半水"，故会意酒。

“好呀，我看上去有那么热吗？”

“是的。”

“去拿吧，我不会拿化妆水瓶子砸你的……”音子说着右手将瓶装的化妆水往左手心里倒了一点。

景子拿来的冷水舒爽地沁透了音子的肺腑。

打电话要去借用寺院住持家住的屋子。

就在音子匆匆换穿衣服的工夫，景子已经打完电话回来了。

“‘亚屋’的人说，一楼的位子八点半以后已经预订出去了，如果八点半前去的话没问题。”

“八点半啊，”音子自言自语地说，“八点半……我们没问题啊，早点过去，还可以在那儿定定心心吃晚饭呢。”

说罢，音子将折叠化妆镜两侧的镜面拉近，让整个脑袋都映入镜子中，随后仔细检审着。

“头发就这样了吧！”

景子点点头，将手伸向音子的腰带后面，帮她抻直了和服背后的中缝。

火中的莲花

　　《都名所图绘》中的《四条河原夕凉》一节，常常被描写鸭川沿岸纳凉风情的文章所引用。"……东西青楼俱设床席于河畔，河原上几座成行，灯若繁星，宴催流光，浓紫冠沐河风而翩翻，美少年倚明月而逞丽，扇走风流，袖舞雅庄，目眩难移，神驰欲摇，娼妇娇妍，妆胜芙蓉，兰麝香浓，飘南漾北……"

　　并描写了说书、口技等艺人的表演：

　　"猿之狂言，犬之相扑，马戏，曲枕，麒麟走索似荡秋千，唢呐声嚣如嬉百禽；琼脂店滔滔瀑流以避濡暑，玻璃声珊珊作响可邀凉风，河汉之名鸟、深山之猛兽亦会集于此供人观赏，贵贱成群游宴河原……"

　　元禄三年夏天，芭蕉①也来到此地，写下了以下文字："四

---

① 芭蕉（1644～1694）：松尾芭蕉，日本江户初期的俳谐师，对俳句这一诗体的独立和发展功绩卓著，被尊为"俳圣"。

条河原之纳凉，自月夜黄昏至黎明时分，河中床席并列，饮酒作乐。女子腰系锦带，男子身着短褂，法师老人交混其间，桶匠铁匠子弟亦得暇引吭高歌，真乃都城一景也。"

"河风徐徐来，轻拂薄薄柿色衣，傍晚人纳凉。"

"河原上搭起表演各种各样的杂耍、惊险杂技的舞台，以及售卖各种甜点、小手工艺品的帐篷，提灯、灯笼、篝火光照如同白昼。"——这一河原纳凉的传统活动，早在明治末期就已出现旋转木马、幻灯片等簇新的游戏样式，至大正年间，却因京阪电车沿河东岸开通，以及河床疏浚深挖等原因而被禁止，变成如今这般模样，由一长溜平台将上木屋町、先斗町、下木屋町连成一片，不过在音子的记忆中，昔日描写河原纳凉情景的文字中，"浓紫冠沐河风而翩翩，美少年倚明月而逞丽，扇走风流，袖舞雅庄……"仍然留存着深深的印象，在那些文字所描述的时代，美少年月夜下在河原一派热闹中显得是那么翘特。音子脑海里时常浮现出那些妖韶美少年的身影。

——景子第一次出现在音子面前时，在音子的眼里，景子就是一个美少女，宛如那美少年一般。

此刻，坐在这家叫作"邪屋"的茶屋①的室外平台上，音子便想起了那时候的情形，而比起那时候身上带着少年气息的景子，昔日的美少年如今更多几分女性的妩媚，更加的妖

① 茶屋：根据上下文所述，此处的茶屋应属于日本茶室中兼提供各种料理的传统茶室，即"料理茶屋"，更接近于中国南方的茶楼。同时，此类茶屋往往还有宿泊场所并备有寝具，可供客人寓泊。在日本幕府及江户时代，茶屋还往往是未经统治者许可的非正式卖春场所，故而前文的引文中有"……东西青楼"之语。

妍。音子回想起来，总觉得是自己将那时的景子变成了今日的景子。

"景子，你刚刚到我这儿的时候的情景还记得吗？"

"哎呀老师，真讨厌。"

"我还以为来个了妖精呢。"

景子攥起音子的手，将小手指衔在嘴里含着，眼睛向上看着音子，低声说道：

"那是个春天的黄昏，庭院里笼罩着淡淡的浅蓝色烟霭，像是从烟霭中飘然而来……"

这是音子说过的话。音子还说，因为黄昏的烟霭，所以那个时候的景子看起来更像妖精。这些话景子一直记着，此刻又低声重复了出来。

二人以前也好几次像今天这样聊起过去曾经说过的话，每当谈起这些，音子都为自己对景子的迷恋而感到懊恼、苦闷和自责，但景子非常清楚，恰恰因为如此，音子的迷恋反而像加持了魔力一样有增无减。

"乐屋"南面比邻的茶屋平台四个角上立着四架高脚纸罩烛灯，还请来了一名艺伎和两名舞姬，一位年纪不大但已经秃头的胖胖的客人，眼睛望着河面，舞姬们向他搭话，他只是心不在焉地点头应付。这位客人是在等待同伴还是在等待夜晚的来临？烛灯早早地点亮了，但在黄昏的残照中却显得有气无力。

说是比邻，其实是紧挨着的，仿佛从"乐屋"的平台一端伸手就可以触摸到那家的平台。以外，各家的平台都向沿着鸭川西面的石墙流淌的御濯川伸出，相互之间没有遮挡，不仅紧邻的平台，而且可以一直望见远处的平台，相连的平台彼此映入视界，增加了河原的凉爽。平台全都是露天的。

景子毫不介意相邻平台上的人的视线，她将音子的小手指衔在嘴里用力咬了一口，音子的小手指痛到了心窝里，但她一声不吭，也没有将手抽回。景子用舌头灵巧地舔弄着音子的手指。

景子将手指从口中拿出，对音子说：

"一点也不咸，老师，因为您洗过澡了……"

"……"

鸭川，以及市街对面的东山那开阔的景色，使音子踢飞萤火虫笼子时的烦躁心情得到了弛缓。心情平静下来后，音子觉得景子和大木年雄在江之岛的旅馆过夜那件事情，似乎也是自己的罪过。

——景子来到音子身边，是在她高中一毕业之后。据说在东京看了音子的绘画个展，又在杂志上看到彩页登载的音子的照片，景子便对音子萌生了崇爱之情。

那年，音子参加了在京都举办的关西美术展览会，她送展的作品获了奖，不仅如此，而且广受评论界好评。这也许得益于绘画的原型素材吧。

那幅画是根据明治十年前后祇园名妓香与的一张照片绘就的舞姬猜拳图。这是一张特技摄影照片，画面上猜拳的两个人都是香与，衣裳也完全相同，其中一个两手张开的舞姬近乎正面，另一个双手握拳的舞姬身体略略斜倾，二人手上动作的造型、身姿和表情的呼应等，音子觉得非常有趣。照片右边的舞姬手指张开，拇指和食指分开，四根手指后跷着。从肩头到上衣下摆古色古香的大花纹衣裳（黑白照片，看不出什么颜色）音子也觉得很美。二人中间摆放着木制方形火盆，上面搁着铁壶以及长把酒壶等，但看起来很粗陋，也影响构图，音子便把这些都省略了。

当然，音子也画成一名舞姬化身两个人在猜拳。一个舞姬化身两个舞姬，两个舞姬却是同一个舞姬，或者说既不是一个人也不是两个人，从而产生出一种不可思议的奇妙感觉，正是创作这幅画的目的所在。那张陈旧的特技摄影照片中也有着类似的妙趣。音子为了不让自己的构思最后表现出来平淡无奇，她在舞姬的容貌上颇费了一番苦心，照片上看上去撑得十分饱满的衣裳上的装饰风格花纹，在作画时给了音子极大帮助，使四只手得以灵巧地展示出来。虽然音子没有完全按照照片去画，但不少京都的观赏者一眼便看出，是根据从前名妓的特技摄影照片而作的画。

从东京来的画商对音子的这幅舞姬图很感兴趣，前来拜访音子，并将她的一些绘画小品带到东京进行展出，景子看到音子的画作也就是此时，并不是因为这位名叫"上野音子"的京都画家声名远播到连景子这样的普通人也有所知晓，可以说纯粹是一种巧合吧。

舞姬图在京都、大阪广受好评之后，周刊杂志上也以彩页刊出了音子的照片，这也是因为画作的作者本人妩媚动人的缘故吧。音子和摄影师在记者引导下在京都各处转悠，拍了大量照片。哦，那都是音子喜爱的地方，所以应该说是音子领着摄影师尽情在各处游憩和拍照。然后，杂志推出大幅的音子彩页专辑，整整三页，刊登了舞姬图的照片和音子的照片，不过以京都的风物为主，音子在照片中看上去仅仅像是景物的点缀。而之所以让音子领着上她喜爱的各处拍摄，或许是杂志社担心，摄影师往往会挑选那些尽人皆知的名胜景点，而只有在京都居住多年的女画家才能通过照片带领读者充分领略不太为人所知的胜处。音子对他们的做法并不感冒，她只知道自己的照片被登载足足有三页之多，可惜选作照片背景的那些场所并没有成为京都新的知名景点。

对于对京都一无所知的景子而言，她并不知道照片所要展示的是通常不为观光游客所知的别具京都魅力的场所，她看到的只是美丽的女画家音子，于是她不顾一切来到音子的身边。

裹着黄昏淡淡的浅蓝色烟霭出现在音子面前的景子，深情款款地凝视着音子，恳求让自己留下来，并且跟音子学习绘画。令音子感觉景子看上去像个妖精似的，是因为当时景子出其不意地抱住了音子，仿佛突然间因某种欲情躁激而心中怦怦。

音子的回答是："突然提出这样的要求，你父母可知道啊？假如你父母不知道，我根本没办法答复你，你说是不是？"

"我父母都已经去世了，我的事情我自己可以决定。"景子说。

音子重新打量了景子一眼，问："你叔父婶母什么的呢？或者兄弟……"

"本来我就是哥嫂眼睛里的累赘，自从他们有了小宝宝，我更成了多余的人。"

"为什么有了小宝宝，你就更成了多余的人？"

"因为我喜欢小宝宝，可是我的喜欢法却让他们感觉受不了。"

"……"

景子留在音子身边的四五天后，景子的哥哥寄来一封信，信中除了说景子是个任性率意的姑娘，恐怕连给先生做使唤丫头都配不上，还恳请音子对景子多多照顾。随后，家里又将景子的衣服和随身用品都寄送过来了。照这情形看，景子的家境似乎很富裕。

景子对小宝宝的喜欢法令她哥嫂受不了，这点在音子和她共同生活之后很快就恍悟了，她确实有些反常。

大概是景子来后的第七八天，景子死死央求音子把自己的发型改成老师喜欢的样式。音子抚弄着景子的头发，不由得把头发握起来向上提了一下。

"老师，再使劲点拽……"景子说，"抓着头发，把我提起来试试……"

音子松开了手。景子回过头来，有点发窘地将嘴唇贴在音子的手背上，牙齿蹭着音子的手说道："老师，您第一次接吻的时候是几岁？"

"说什么呀！突然问这种事……"

"我是四岁，我记得很清楚。一个远房的舅舅，嗯，那时候大概三十来岁吧，我喜欢他，趁他一个人坐在我家客厅里时，我跑过去吻了他一下。舅舅吃了一惊，连忙用手擦嘴唇呢。"

——景子幼年时接吻的事，此刻坐在鸭川畔的平台上音子又想了起来。那张四岁时就和男人接过吻的嘴唇，如今似乎已经为音子所占有，它现在还在吮吸着音子的小手指。

"老师，您第一次带我去岚山的情形我也记着呢，那天正下着春雨。"景子说。

"是啊。"

"还有那家乌冬面馆……"

那是景子来到音子身边的两三天后。音子领着景子从金阁寺、龙安寺一路游览至岚山，在快到渡月桥的地方稍向上走了一段，进入靠河岸的一家乌冬面馆。面馆老板娘歉然说起这雨怕是让客人扫兴了。

"雨天也不错呀，春雨多好啊。"音子答道。

"哎哟，那太好了，多谢啦！"老板娘微微低下头向音子道谢。

景子望着音子的脸小声咕哝道：

"这是替天气向我们道谢吗？"

"嗯？"音子觉得老板娘的寒暄很正常，所以一点儿也没有在意，"是呀，替天气……"

"真有意思，替天气向人道谢，太棒了。"景子继续说，"在京都都是这样吗？"

"这个嘛，怎么说呢……"

不管怎样，老板娘的话听上去的确有些像是在替天气向人道谢。音子她们二人来岚山观光，可是不凑巧碰上了下雨天，于是老板娘的话题很自然扯到了雨天，算是同客人寒暄，音子回答雨天也不错，则不仅仅是出于客套，她真心觉得雨天的岚山景致别有情趣，所以才那样应答，老板娘向音子道谢，这是替天气道的谢，又或者是替岚山道的谢。这是在岚山上经营着一轩小店的人才会有的独特寒暄方式吧，景子听了却感觉很奇妙。

"真好吃，老师，我喜欢这家面馆。"景子说道。

这家乌冬面馆是出租车司机介绍的。由于是下雨天，音子包租了一辆出租车，全程四个小时。

虽说正是花开时节，但因为下雨的关系，游客出奇地少，这也是音子说"雨天也不错"的原因之一，还有一个原因就是，如烟似霭的春天的蒙蒙细雨可以令河对岸的山看上去更柔更美。二人走出面馆，一边仰眺着岚山一边朝出租车停候的地方走去，雨下得很小很细，即使不撑伞也不至于将身上衣服打湿，雨脚落在河面上立即消失，一点滴痕都没有。山上，老枝新枝间夹杂着丛丛樱花，千树万树的新芽在春雨沁润下，呈现着柔和的斑斓色彩。

因为春雨反而值得感谢的不只岚山，苔寺、龙安寺也一样。苔寺庭院中，沐浴着春雨显得色泽特别青翠的青苔上，到处散落着马醉木的白色小碎花，白色中还飘落着一朵红色的山茶花，花朵竟完好不碎，仍保持着花瓣朝上的形态，仿佛开在白花之上。龙安寺石庭中的点景置石也因春雨的滋濡而色泽缤纷。

"古伊贺的插花拿进茶室的时候，不是要用水湿一湿吗？和那个是同样道理呀。"音子说道，可是景子并不知道伊贺插花什么的，并且，看着眼前石庭中的石头上的色泽和肌理，她也完全没有这样的感受。

但是经音子指点，景子的视线朝挂在寺院内道路旁树上的雨滴望去，却让她留下了很深的印象：小松枝干上的松叶顶端，垂悬着无数的雨滴，每棵枝干上都有，松叶看上去就像花茎，雨滴则像是绽放的露花一样，当然不注意的话很容易忽略过去。非常奇妙的春雨之花。不只松叶，在枫树刚刚绽出新芽却含苞未放的嫩枝上，也挂满了雨滴。

松叶顶端挂着雨滴，自然不是京都所独有的现象，任何地方都一样，然而对景子来说，却是第一次这样仔细观赏并且深深地印刻在了心里，她觉得，这才是京都的风情。松叶顶端的雨滴，和乌冬面馆老板娘的寒暄一道，构成了景子对于京都的第一印象，一来因为刚到京都没几天，再者这是音子领着她第一次外出。

"那家乌冬面馆的老板娘，现在应该还很健朗吧。"景子说道，"自打那次以后，我们再也没有去过岚山呢，对吧老师？"

"是啊。冬天的岚山，和春天秋天的都不一样，我觉得冬天的岚山最美，不过河潭的水看上去就很深很冷……下次可以去看看。"

"那要等到冬天？"

"说是冬天也就一眨眼的工夫呀。"

"才不是一眨眼呢。从现在开始，还要经过大热天，再是秋天……"

"什么时候都可以去啊，"音子笑了，"哪怕明天……"

"明天去吧，老师，我想对乌冬面馆的老板娘说一句，大热天的岚山也很不错哦。老板娘一定会向我道谢说：'是吗？那太好了，多谢多谢！'她又要替天气来道谢了。"

"是替岚山道谢。"

景子望着河，说道："老师，到了冬天，河原这儿一对一对的人都不见了吧？"

景子指的其实不是河原。在这一长溜平台的下方，御濯川与鸭川之间，以及鸭川与东边的疏川之间的两条河堤被修筑成了散步道，不少年轻人两两相偕来到这里，而来到这儿的可以说几乎都是约会的男女，连带孩子一块儿来的都很少。年轻男女或手挽手在河堤散步，或靠河而坐俯首低语，天色越近黄昏，来的人便越多。

"冬天的话这儿冷得要命，没法待啊不是吗。"音子回答。

"真不知道能不能维系到冬天呢。"

"什么……？"

"这些人的爱情呀……虽然不知道这里一共有多少对，但到冬天，其中肯定会有人不想再待在一起了。"

"你呀，居然是这么想的？"对音子的嗔怪，景子点点头，没有否认。

"为什么非要这么想呢？"音子继续问，"你还这么年轻……"

"因为我不像老师这么痴情，对于让自己受了那么多痛苦的人，二十多年了您还一直念念不忘。"

"……"

"老师，您明明被大木先生抛弃了，您到底到什么时候才能彻底清醒呢？"

"不要说得这么刻薄嘛。"说着，音子将视线从景子的脸上移开。

景子伸出手去，将音子衣领处翘起的细发梳拢，口中却说道："老师，您把我抛弃掉试试吧……"

"啊？"

"老师您现在可以抛弃的人，也就只有景子我了，把我抛弃了吧……"

"抛弃掉试试算怎么回事呢？"音子搪塞着说道，视线和景子的视线相交在一起。她将刚刚景子替她梳拢的细发自己又拢了拢。

"就像老师您被大木先生抛弃那样。"景子揪住不放，她盯视着音子，似乎想从音子的眼神中窥破点什么来，"老师您自己不认为被大木先生抛弃了，所以您从来就没有这样去想过……"

"什么抛弃啦，被抛弃啦，不喜欢这样的措辞。"

"直截了当说开了也好。"景子的眼睛里闪着妖媚的光，"那，我就想问问老师：大木先生对老师您做了什么？"

"和我分手了呀。"

"并没有分手。老师心里，一直到现在还念想着大木先生，大木先生心里也一直惦念着老师……"

"景子，你到底想对我说什么？真是个不可捉摸的人。"

"老师，我今天做好了被您抛弃的思想准备。"

"刚才在家里，我不是已经承认是我不对，向你道过歉了吗？"

"我也道了歉。"

之后为了和解，音子带着景子来到木屋町的纳凉平台这儿来，可是，二人能够从心底真正解开疙瘩吗？依景子的性格，似乎她是不会安于那种波澜不兴的爱情的，因而违抗音子，和音子争论甚至闹别扭，都是习以为常的事情，但是今天却与往常不一样，景子和大木在江之岛旅馆过夜的告白，深深地伤害了音子。本以为一直在自己狎爱之下的景子，竟然变成了好像面对面向自己迫来的怪物。景子曾说过，要为了音子去向大木复仇，但音子却感觉似乎自己要遭到景子的复仇，同时，音子对大木也产生了新的恐惧和绝望，因为不是别人，偏偏是自己的弟子时不时地对大木进行挑逗。

"老师，您不愿意抛弃我？"景子问。

"你要是那么想被抛弃的话，我可以抛弃你啊，也许那样对你更好。"

"讨厌，我不喜欢老师您这么说。"景子摇着头道，"我从来没有想过为我自己，只要我在老师身边……"

"离开我的身边，正是为了你呀。"音子努力让自己保持平静地说道。

"是不是老师心里已经打算让我离开您了？"

"不是的。"

"那我太高兴了！我还以为被抛弃了，好难过呢。"

"那不是你干的事吗？"

"我干的事……？老师您是说我抛弃您？"

"……"

"景子我宁愿死也不会离开老师的！"景子热切地说着，抓住音子的手，又将她的小手指放进嘴里咬了一口。

"好痛！"音子缩起肩膀将手抽回来，"你以为咬不痛的是吧？"

"就是要咬痛老师啊。"

二人点的料理送了上来，女服务员将它们在桌上摊开列好，这个当口儿，景子假装侧过脸去，眺望着比叡山的那一团团灯火。音子则一边同女服务员应酬，一边将一只手叠放在另一只手的手指上，似乎景子的咬痕还留在上面似的。

女服务员回到店里之后，景子用筷子夹开汤里的一块鳗鱼，送入口中，随后低着头说道："老师，您完全可以抛弃景子的呀。"

"你怎么这么执拗啊！"

"老师，我想我就是一个可以被自己所喜欢的人抛弃的姑娘，我是很执拗吧？"

"……"

音子没有回答。音子想到女人对女人也许会比对男人更加执拗吧，不觉平素的苦涩思绪油然涌起，有如针扎一般。被景子咬过的小手指本来已经不痛了，但此刻那儿也像被针扎一样疼痛。同样的，咬手指这种动作不也是自己教会景子的吗？

景子刚来到音子身边不久，有一次，正在厨房做油炸食物的景子心急忙慌地跑到音子面前，说：

"老师，我被油溅到了……"

"烫痛了吧？"

"火辣辣的痛呢！"景子将手伸到音子眼前，只见手指尖微微有些发红。

音子拿起景子的手："这样还不算烫伤呢。"说着，将手指衔在嘴里含住。由于是刹那间的举动，当景子的手指触到舌头时音子才回过神来，她慌忙将手指吐出来，而景子却又将手指含进自己嘴里，问道：

"老师，舔舔就不痛了是吗？"

"景子，炸的东西怎么样了？"

"啊，糟了糟了！"景子赶紧朝厨房跑去。

那之后不知过了多久，渐渐地，音子会在夜里将嘴唇贴在景子的眼睑上，或者将景子的耳朵含在嘴里，景子耳朵怕痒，她扭动着身子发出娇羞的声音，而这声音更加激惹起音子的情致。

当音子对景子产生这样的举动时，她会不由得想起过去，这和过去大木对自己的举动是一样的。或许音子当时还是少女的缘故，大木并不着急触吻音子的嘴唇，而是不停地用嘴唇吻音子的额头、眼睑和脸颊，使少女音子慢慢放松下来。景子比那时的音子大两三岁，并且对方同是女性，可是景子的反应却比受到大木同样爱抚的音子强烈得多，很快便沉醉于其中。

然而，当音子想到自己是在以之前受到大木爱抚的同样举动来对待景子时，总觉得心中一紧，似乎有所愧疚，与此同时，却又亢奋得令她浑身战栗。

"老师，不要这样。老师，不要这样。"景子说着，却将裸露的胸脯贴向音子的胸脯，"老师，您身体的反应不也和我一样吗？"

音子忽然将身体向后撤了撤。

景子又向前凑过来，说："是吧，和我的身体一样呀。"

"……"

"一样吧，老师？"

音子怀疑景子已经和男人有过身体交集。景子这种类似攻其不备的说法，音子听了还不习惯。

"不一样啊。"音子咕哝了一句。

这时，景子的手探上来摸着音子的胸脯，动作虽然毫不犹豫，但指尖和掌心上似乎还是含着些许羞怯。

"不要这样！"音子抓住景子的手说。

"老师，您真滑头，真滑头。"景子手指上更用了点力。

二十多年前，十六岁的花季少女音子被大木年雄抚摸胸脯的时候，音子就说过："不要这样，不要这样。"音子的这句话被大木原封不动写进了《十六七岁的少女》。即使不写，音子自己也不可能忘记，但写进了小说，便似乎成了一句经久不灭的话。

景子也说了一样的话。是因为景子读过《十六七岁的少女》，还是一个姑娘在这种场合下会说的固定台词呢？

《十六七岁的少女》中描写了十六岁的音子的乳房，还写了大木的一段话，大意是：能够触摸到如此可爱的乳房是人生难得的幸运，是上天的恩惠。

音子没有给孩子喂过奶，所以乳头上还留有较深的颜色[①]，二十多年过去，也仅仅只变浅一点点而已，到了三十三四岁之后，乳房眼看着越来越松弛，景子在浴桶中看见过这松弛的乳房，还伸手去抚摸和确认过，音子以为景子会对自己说什么，可是景子什么都没说。而因为景子，音子的乳房重又紧致和坚挺起来，二人心知肚明，但谁也没有说什么。也许景子会觉得这是自己的胜利，她的沉默倒有些不可思议。

有时候，音子觉得自己的胸部是受了病态的堕落诱惑而重新坚挺起来的，因而会感到有种难以启齿的羞惭，同时，对于年近四十身体居然还能发生如此的变化而大为震惊。当然，这种震惊与十六岁时因为大木、十七岁因为胎儿而导致胸形发生变化时所产生的震惊是很不一样的。

音子不得不与大木分手后，二十多年从未让人抚摸过自己的胸部，在这期间，音子作为一个年轻女人的日子一天天逝去，最后再次抚摸音子乳房的，是同性的景子之手。

跟着母亲移居京都以后，音子也曾数次被谈及恋爱和结婚，但是音子却始终选择了逃避恋爱。一旦意识到男人喜欢上自己，和大木在一起时的回忆就会活生生地浮现出来，这不仅

[①] 女性在妊娠期和产后初期，由于体内雌激素水平增高，乳头颜色会由粉红逐渐变成浅褐色甚至深褐色，随着产后哺乳雌激素水平下降，乳头颜色一般会恢复正常。

仅是回忆，而且也等同于现实。十七岁和大木分离的时候，音子就产生了终生不结婚的念头。不，她已经被痛苦折磨得几乎丧失理智，不要说以后的结婚，就是怎么挨过明天都不知道，只是脑海里一瞬闪过终生不结婚这样一个念头，但就是这个一瞬间的念头，成为此后漫长岁月中无法动摇的信念。

音子的母亲当然希望女儿结婚。移居京都，只是为了让女儿远离大木生活的城市，让女儿的感情平复下来，并没有打算定居京都。

来到京都后，母亲一边照料女儿一边细心观察着女儿的一举一动，初次跟女儿提到婚事是音子二十岁那年，是在仇野念佛寺举办千灯会[1]的那一晚，地点在深山中的嵯峨野。

山上矗立着许多被称为无缘佛[2]墓碑的古旧的小石塔，不计其数。在飘荡着一种无常感的西院的河原上，音子母亲望着点燃在墓石前的灯，眼眶里噙满了泪水。周围深沉的夜色中，点点幽幽的微弱灯火，更给石塔群增添了人生无常的气氛。音子发觉母亲眼睛里的泪水，却没有作声。

二人回来时经过的村中小路又窄又暗。

"真冷清啊，"母亲说，"音子不感到冷清吗？"

母亲两次使用了"冷清"这个词，但前后两次的内容似乎有所不同。母亲说起东京的熟人来给音子提亲的事。

"我结不成婚，为此我觉得很对不起您。"音子说。

---

① 千灯会：日本佛教法会之一，在现场点燃许多盏灯，信众念佛上供。

② 无缘佛：指没有亲属祭祀的死者，无子嗣的死者或身份不明、来历不明的死者。

"没有一个女人是结不成婚的。"

"有的呀。"

"音子不结婚的话，你母亲我，还有你音子，将来都会变成没人祭祀的亡灵了。"

"没人祭祀的亡灵？我不明白，什么意思？"

"就是死后没有亲人来给你吊慰祈祷啊。"

"这我知道，但是不清楚那是怎么回事。"

"……"

"是指死了以后的事吧？"

"也不光是死了以后的事。没有丈夫和孩子的女人，活着不也和没人祭祀的亡灵差不多吗？你可以想象一下，假如我没有你这个孩子的情形。音子你还年轻……"母亲踌躇了片刻，接着说道："音子不是常常画婴儿的面容吗？你打算一直画到什么时候呀……？"

"……"

母亲将知道的有关男方的情况全都说了。对方是个银行职员。

"假如你愿意见见面的话，我们就去东京吧，离开那儿也有好久了。"

"听您这么说，您猜我好像看到了什么？"

"看到了什么？"

"铁栏杆，看到了医院精神病科窗户上的铁栏杆！"

母亲倒吸一口凉气，不敢再说什么。

那次之后，母亲在世的时候又两三次和音子提起过婚姻大事。

"音子你心里总想着大木先生，可是，你不是没法子向大木先生表明吗？不是没法子让大木先生知道吗？不是不可能再委身大木先生了吗？"母亲又是开导又是央求的，仍坚持劝说音子结婚。

"假如你还在等待不可能有什么结果的大木先生，那就好比在等待过去一样，流水和光阴都不可能倒过来流逝的呀。"

"我什么也没有等待。"音子回答。

"只是回想……？只是忘不了……？"

"不，不是的。"

"真的？"

"……"

"不是有句话叫'少不更事'吗？音子还在少不更事、天真无邪的年纪，落入了大木先生掌中，也许这对你的伤害太大了，永远都消除不了，对那么小的孩子竟然做出如此残忍的事来，我真的恨透了大木先生！"

母亲的话深深刻在了音子心里。音子尝试着想，正因为是"少不更事"的少女，二人之间才可能产生那样的爱情吧。十六岁的音子无疑还是个孩子，真正天真无邪，可正因为这样，她的感情才既狂热、盲目，又不懂得控制，她一边战栗着一边咬住大木的肩头或其他部位，咬出了血都全然没有意识到。

音子读到《十六七的少女》时，已经和大木别离搬到京都来了。书中最令她感到震惊的是，大木在前来和音子约会的路上，居然脑子里想的都是今天和音子在一起，打算如何如何爱抚她，而且后来的事情大体也都是按他所想象的而进行。大木写道，一路上想象着这些事，是因为难以抑制心中的激动和喜悦，可音子却对这种心态感到吃惊，男人竟会是这样的。作为被动一方的女人，况且还是个少女，音子对于男人预先想好的方法和顺序等完全始料不及，只能依从，只能接受。因为是少女，所以她对大木毫不怀疑，而大木却将这描写得似乎音子是个异乎寻常的极品女子，是女人中的女人，也因为音子，大木才体验到了男人在女人身上所能尝试的各种方法。

开始读到这些时，音子无疑感觉很受屈辱。可是后来，却时常情不自禁地回想起那些被抱拥被尝试的种种情形，身体紧绷，战栗、痉挛，最后随着身体平静下来，快感和满足也袭遍全身。曾经的爱在现实生活中又复活了。

从仇野的千灯会归来的黑黢黢的小路上，音子不仅看到了医院病房窗外铁栏杆的幻象，她眼前还浮现出被大木按在身下的自己的身影。

假如没有像大木所写的，体验到了男人在女人身上所能尝试的各种方法，那么自己被大木拥在身下的身影，经过如此漫长岁月，就不会仍历历在目地留在记忆中。

在江之岛的旅馆里，景子即将被大木按在身下的紧要关头——

"情急之时我下意识地喊出了'上野老师！上野老师！'结果他什么也不敢做了。"

听到景子说这些的时候，音子愤怒、嫉妒，再加上绝望，脸色惨白，但她内心深处却又感到，大木似乎也想起了自己，是不是不仅仅在心里想起，而是眼前清晰地浮现出抱拥着音子的身影？

伴随着岁月流逝，和大木相互交缠的身影在音子心里逐渐净化了，从一种肉体的影像变为精神的影像。现在的自己已不圣洁，现在的大木也不圣洁了吧，但是，二十多年前二人叠臂交股的身影，现在在音子看来却是圣洁的，那是自己，却又不是自己，不再是现实，却仍是现实，那身影已经脱离两个肉体的人，升华为神圣的幻象。

想着昔日大木使她印刻在心里的情形，用同样的情形去抱拥景子的时候，虽然音子很害怕那神圣的幻象被玷污而消亡，然而那神圣的幻象却挥之不去，时常浮现出来。

景子在音子面前也照样在小腿、胳膊以及腋下涂抹脱毛药膏。刚刚来到音子这儿的时候，她是背着音子偷偷涂的。每次从浴室飘出难闻的气味，音子便会问：

"你在弄什么？怪怪的味道，是什么呀？"

但景子不回答。音子不需要用脱毛药膏，她不知道那是什么。她肌肤润滑，身上几乎一根汗毛也看不到。

音子第一次看到景子支起一条腿半蹲着涂抹脱毛药膏的时候，吃惊地皱起了眉头：

"这味道真难闻，是什么呀？难闻死了。"

而当看到随着擦拭掉的药膏汗毛也一起脱落时，音子忙说：

"哎哟，真恶心！快停下，快停下，"她捂住了眼睛，"鸡皮疙瘩都起来了！"

音子真的恶心得起了一身鸡皮疙瘩。

"干吗做这种傻事呀。你怎么这样啊？"

"哎，老师，不是谁都这样做的吗？"

"……"

"有汗毛的话，老师您摸着感觉不舒服吧？"

"……"

"因为我是女人，所以……"

景子想说的是，自己是为了音子抚摸而把汗毛除掉的，尽管音子也是女人，景子仍然希望自己在对方面前呈现出女人润滑光洁的肌肤。但是，看到脱毛情景引致的厌恶感、听到景子直言不讳的表白，令音子感到胸口窒闷。刺鼻的怪味直到景子去浴室将药膏冲洗干净后仍没有消散。

景子回到音子身旁，抬起腿，撩着裙摆对音子说道："您摸摸看，老师，这下光滑多了。"

音子只是瞥了一眼景子白皙的小腿，却没有伸出手去抚摸。

景子自己伸出右手摸了摸小腿，看了一眼音子问："老师，您干吗这样为难呀？"那眼神似乎在诘问：已经是这样了，还有什么好逃避的呢？

音子避开她的目光说道："请你以后在我看不到的地方去弄吧。"

"我已经什么都不想瞒着老师了，也没有什么事情好瞒着老师的了。"

"可是，我讨厌的事情最好不要让我看到行吗？"

"这种事，老师要是看惯了的话，其实也没什么呀，就和剪脚指甲一样的啊。"

"你老当着别人的面又是剪脚指甲，又是磨脚指甲，不太礼貌吧？还有你剪下的脚指甲溅得到处都是……请用手遮着，不要让脚指甲乱溅。"

"好的。"对此景子点头同意。

然而此后，景子虽然不是刻意让音子看见自己胳膊腿脱毛的情景，但也没有避着音子，而音子也始终没有像景子说的那样"看习惯"。也许是景子换了其他的脱毛药膏，也许是原先的脱毛药膏改进过了，总之，味道不像以前那么刺鼻难闻了，但对那脱毛的情景音子仍然感到恶心，小腿、腋下处的汗毛随着涂在上面的药膏倏地被擦去而脱落的情景，音子实在看不得，于是便躲到看不见的地方去。在这种厌恶的深层，似乎有一簇炎焰，时烁时消，又远又弱，在心中难以捕捉，却宁静而圣洁，不像是飘飘曳曳的情欲之火。之所以感觉宁静而圣洁，是回想起了二十多年前的大木年雄，以及尚处少女时期的音子自己。在音子看到景子脱毛的情景而引起的恶心中，女人与女人间的心气相通直接透过肌肤鲜明地被感受到，不等对此体味咀嚼倒先生出一种令人作呕的感觉，然而只要一想起大木，心情便不可思议地平复下来。

和大木在一起时，音子从未想过自己的腋毛之类，也没有去想过作为男人的大木身上有多少体毛，肌肤接触时似乎也没有感觉，大概是那个时候已经丧失了清醒的神志吧。和那时相比，现在的音子对景子完全可以收放自如，加之人到中年对成年人的那种狎昵也已稔熟。自十七岁时被迫与大木分开之后，直到被景子触情，音子完全是孑然一身，这期间音子作为女人成熟起来，也是因为景子才意识到的，这令她自己都感到惊讶。假如遇到的不是同为女性的景子而是一个男人，那么深藏于内心一直挚爱着大木的自己那座神圣的雕像，恐怕顷刻之间便会崩塌。

音子被迫与大木分开后曾试图自杀，却求死未成。假如那时候死了，自己短暂的一生将多么圣洁啊，这个念头至今仍真真切切地藏在音子心中。音子甚至觉得，在自杀未遂之前、初生婴儿夭折之前，假如死于难产的话，自己就不会被关进装着铁栏杆窗户的医院精神病房，那样的话，自己就会更加圣洁。时光悄然流逝，在漫长岁月中，她从大木那里遭受的创伤被这种念头渐渐净化了。

"你是如此可爱，我简直消受不起，真不敢相信这是人生所能得到的，只能说这是爱的奇迹，这种幸福我恐怕唯有以死相报了。"大木的这番甜言蜜语，音子至今仍没有忘记，甚至让人觉得，这些接二连三出现在大木小说《十六七岁的少女》中的对话，现在似乎已经脱离了作者大木和故事原型音子，而成为世间永恒的爱的表白。换句话说，即使昔日相爱的大木和音子已经死亡，但两个人的爱却在文学作品中得到了永生，在音子间或浮起的悲戚之中，既有着这种慰藉，也有这种眷恋。

音子的母亲留下一把刮脸刀。肌肤光洁得几乎汗毛都看不到的音子，一年也用不上一次，只有偶尔心血来潮的时候，才会拿出来母亲的刮脸刀刮一刮后颈、前额或嘴角。有一次，音子见景子又要开始脱毛，便出人意料地说："景子，我来帮你剃！"说着，从梳妆台里拿出母亲的刮刀。

"不不老师，吓人，太吓人了！"

景子看到刮刀，吓得慌忙跑了。景子越跑，音子越要追，一边追一边说："一点儿也不可怕呀，来，让我帮你刮。"

景子被追上后没有反抗，她不很情愿地被推到梳妆台前。音子在景子胳膊上抹上肥皂，刚将刮刀贴近，景子的手指就开始不停地发抖。音子真没想到，景子竟然会为这点事吓得发抖。

"不要紧的，一点儿也不危险，忍着点啊，不要抖……"

景子的紧张不安和恐惧反倒刺激了音子。这是种诱惑。音子的身体也开始发僵，一股气力不由自主地从胸口传递到肩头。

"腋下害怕就不刮了，来刮脸……"音子说。

"等一下！让我喘喘气。"景子紧张得气都透不过来了。

音子刮了景子的眉毛上面，又刮了嘴唇下面。刮额头的时候景子一直闭着眼睛。音子用手托着景子的脖颈，景子向上仰着头，头自然微微垂下，音子的视线被景子细长的脖颈吸引了，细长、线条柔和、好看、清纯无邪，似乎与景子的秉性不相吻合。这脖颈焕发着青春的光彩。音子停下了手中的刮刀。

"怎么了，老师？"

景子睁开了眼睛。

音子忽然想到，只消用刮刀往这可爱的脖颈上一划，景子就会死掉，向最可爱的地方划上一刀，此刻正是最轻而易举之时。

虽然不如景子的脖颈这样美丽，不过音子的脖颈也显得修长，像少女的一般。大木曾经拥搂过这脖颈。"啊难受……憋死我了！"音子的脖颈被大木的胳膊搂得紧紧的，憋得喘不过气来。

音子看着景子的脖颈，那种几近窒息的痛苦感觉好像重又复苏了，不由得感到一阵晕眩。

音子只给景子刮过这么一次汗毛，后来景子不愿再刮，音子也没有强迫。每当拉开抽屉拿梳子什么的时候，就会看到母亲留下的刮脸刀，音子便会想起自己曾经一瞬间闪过朦胧的杀意。万一，那时真杀死了景子，自己当然也必死无疑了吧。杀人之念一闪即过，连神出鬼没的妖魔都称不上，过后想想，大概那是个比较心善的妖魔吧，那样轻易便能得手的一次机会竟然给放过了。

音子很清楚，那飘忽而逝的杀意中，也藏着自己和大木那已经远逝而去的爱。那个时候，景子还没有见过大木，还没有介入音子和大木之间的爱。

然而现在，当音子听到景子和大木在江之岛旅馆过夜的事，音子和大木曾经的爱又开始在音子心中燃起奇妙的火来。但是，音子也看到，在那火焰之上盛开着一朵洁白的莲花，那是自己和大木的爱情之花，是幻杳之花，无论景子还是其他任何人都不容玷污。

——音子窥见了心中那朵洁白的莲花，但她将目光移向了倒映在御濯川上的木屋町河畔茶屋射出的灯光，她俯视了一会儿，然后又向祇园对面幽暗的东山群峰眺望。平缓的山体呈现出圆弧形的线条，隐在山中的夜色似乎正朝音子悄悄逼近。对面河畔道路上往来汽车的车灯、河原散步道上双双对对的恋人、河岸这边茶屋平台上的灯光以及客人，统统从可视到消失，只有东山的夜色在音子心中渐渐扩散开来。

"赶快画《婴儿升天》吧，马上就画！不赶快画也许就画不成了。即使以后能画，那也和现在要画的不一样了，没有了爱和悲戚的情感……"音子在心中自语道。突然涌上来这样的念头，或许是因为在火中看见了莲花的缘故吧。

突涌而上的念头中，感觉景子这个姑娘也有如火中的莲花一般。为什么洁白的莲花会盛开在火焰中？为什么洁白的莲花在火中不枯萎不凋谢呢？

"景子，"音子叫着，"你心情好些了吗？"

"只要老师心情好了，我就开心了。"景子乖嘴乖舌地答道。

"景子以前觉得最悲哀的事情是什么……？"

"是什么呢？"景子漫不经心地接过话，"有好多呢，一时也不知道到底是哪件事，等以后再告诉老师吧。不过，我的悲哀都很短暂。"

"短暂？"

"是啊。"

音子凝视着景子的脸，压低声音说："我今晚只有一件事情要求你：希望你不要再去见镰仓那个人了。"

"是大木先生吗？还是他儿子太一郎？"

音子被这意想不到的反问刺痛了。

"两个人都不要见！"

"我只是想为老师复仇才去见他的。"

"你又说这种话！你这人，真是太可怕了！"音子脸色骤变，莫名其妙的眼泪几乎夺眶而出，她赶紧闭上了眼睛。

"老师动不动就害怕，动不动就害怕……"

说罢，景子站起身来走到音子背后，两手按着音子的肩头，接着又抚弄起音子的耳朵。音子静静地坐在那里，她听见了河水的流淌声。

千 缕 丝

"喂，大木！大木！"妻子在厨房喊着大木。"一只肥嘟嘟的母老鼠跑过去，藏到煤气灶下面去了！"

"是吗？"

"还带着一只小老鼠呢。"

"是吗？"

"嗯。您要是看到它们那样子才好呢，可惜……"

"……"

"刚刚那只小老鼠露出一点点脸，好可爱啊……"

"哦。"

"它还用闪着黑光的漂亮眼睛看了我一眼哪。"

"……"

大木正坐在起居室读着晨间的报纸，酱汤的香味飘了过来。

"呀！漏雨了！是厨房屋顶。喂，您听见了吗？"

起床时开始下的雨，骤然大了起来。与此同时，一阵狂风吹得山丘上的树林和竹林东摇西晃，转眼间，狂风向东扑来，雨丝顿时横飞着扫了过来。

"你说什么我听不见，外面又是风又是雨的……"

"那您过来看看呀？"

"好吧。"

"雨滴打在屋顶的瓦片上，顺着窄巴巴的缝隙滴落到天花板，想必它也会痛吧，像眼泪一样的雨滴，这下可就变成真正的眼泪哭起来了呢。"

"是啊。"

"今晚把捕鼠器支起来吧，捕鼠器铁笼子记得应该是放在储藏室的橱板上了，我够不到，待会儿您拿下来吧。"

"把老鼠母子请到铁笼子里来就可以了吧？"大木的视线没有离开报纸，慢悠悠地答道。

"漏雨怎么办？"文子问。

"也不知道漏到什么程度，也许是暴风雨的关系吧。我明天爬到房顶上去看看再说。"

"危险啊，你一把年纪了……房顶还是让太一郎上吧。"

"我哪里一把年纪了？"

"五十五岁，在企业或报社里的话，不是就退休了吗？"

"这可是个好消息，我也申请退休吧？"

"可以呀，请自便……"

"小说匠的退休年龄是多大啊？"

"到死都没有退休。"

"你说什么？"

"请原谅，"文子道了声歉，随即用平素惯常的语气说道，"我是想说，您还能一直写下去呢。"

"这种指望简直是要我的命啊，尤其是自己的老婆这样指望我……就好像有个鬼手里挥舞着火把和烧红的铁棍，站在我身后一样。"

"您可真会瞎说，我什么时候逼过您啊？"

"嗯，那是。不过干扰还是有的。"

"干扰……？"

"各种各样的，包括嫉妒。"

"嫉妒是女人的天性，但是苦口良药中的毒药，那是毒起来要人命的剧毒，托您的福，我年轻时就领教了。"

"……"

"还有双刃妖刀也是……"

"伤害对方的同时，也会伤害自己……"

"无论您有什么事情，我现在都不会离婚，也不会去死的。"

"老年人离婚虽然讨厌，但老年人为情而死却是再悲哀不过的事了，这种事情一旦上了报纸，和年轻人对年轻恋人的殉情自杀相比起来，老年人看到老年人为情而死的报道难道不是越看越痛心吗？"

"因为殉情这种事，您过去曾经痛切地考虑过……虽然是很久以前，您还年轻的时候……"

"……"

"不过，您那种为了爱可以一起去死、为了爱恨不能一起去死的痛切心情，好像并没有明明白白地传达给对方那位少女啊。现在想想，是不是觉得告诉她的好？那个人虽然自杀了，但她做梦也没想到您差一点想殉情呢。真是可怜。"

"她并没有自杀。"

"虽然未遂，但她是真的想自杀的，所以等于是自杀对吧？"

文子显然说的是音子的事情。这时候，厨房里的平底锅发出嗞嗞的油响声，大概文子在做卷心菜炒肉丝。

"酱汤煮过头了！"大木说道。

"好，好，知道了。这酱汤我真是……这么些年来，因为这个酱汤，也不知道挨了您多少次斥责，都是因为您让他们从各地寄来的酱料五花八门的……"

"……"

"您是存心要把您老婆弄成一身酱汤味吧？"

"你知道酱汤这个词用汉字怎么写吗？"

"写平假名就行吧？"

"是把三个'御'字重叠起来，写成'御御御付'。"

"是吗？好像人的脚①嘛。"

"自古以来，把三个'御'字重叠起来命名这样贵重的料理，火候很难掌握的喔。"

---

① "人的脚"的最高级的敬语说法是"御御足"，字形与"御御御付"相近，发音也接近，故有此诙谐说法。

"如此贵重的酱汤，可惜我今早没能够把酱味做好，您有意见了吧？"

文子时常故意胡乱使用敬语，刚才甚至还对老鼠和漏雨使用了敬语，以此来开丈夫的玩笑，这是常有的事。大木出生外省，至今仍不能准确地写出东京腔的敬语，碰到搞不清楚的时候，便没完没了地缠着在东京长大的文子向她求助，但是又不肯坦率地接受妻子的指教，于是少不了纠缠不休的争论，最后甚至演变为一场没有结果的口角。大木寸步不让，他宣称，东京话不是标准语，它历史浅近、表达粗俗，只能算是一种方言，例如关西人对话中涉及他人时不论那人是什么人几乎都使用敬语，这已然成为这种语言的惯习，而东京话讲到别人时就显得十分失礼；还有，关西话中对山川、鱼类、蔬菜、房屋、道路以及日月星辰和天候等也都用敬语来指称。

"您要是这样说的话，不如去和太一郎商榷商榷？太一郎不是国语学者吗？"文子丢出这么一句。

"太一郎知道什么？他也许勉强可以算是国语学者中的后起之辈吧，但他不是研究敬语语法的。更要命的是，你瞧瞧他和那些学者、同事之间的对话，语法又乱，用词又粗鄙，简直叫人听不下去。他自己的那些研究啦评论什么的，那写的那根本不是正经地道的日文！"

事实上，大木虽然使用东京话写作，但他从不愿意向儿子查问或请教，与其说是不愿意，准确地说是讨厌。而求问于妻子则既方便又亲切，可是，一碰到敬语这些，连从小在东京长大的文子也常常是被问得一问三不知。

"我对太一郎也告诫过，作为国语学者，能写得一手体裁切当、文字通顺的日文文章的，大概也只有过去那些汉文造诣深厚的人了……"

"那和平常生活中使用的词儿不一样，人说话的时候老是会冒出稀奇古怪的新词儿，就像老鼠下崽一样每天不断产生出来，真正紧要的倒满不在乎地撕咬得七零八落了，真是变得让人看也看不懂。"

"这样的语言终归是没什么生命力的，即使能留存下来也是陈腐不堪……就和我们写小说一样，能维持五年的都难得的很哪！"

"流行语这东西，能存活到明天就不错了吧。"文子一边说着一边将早餐端到起居室，然后若无其事地说道："我的性命，自从您打算和那位小姐一起殉情的时候起，竟然一直维持到了今天。"

"因为妻子这个职业是没有退休的，真可怜……"

"但是有离婚……我曾经想过，一生中哪怕只有一次也好，我也尝尝离婚的滋味呢。"

"现在开始行动也不晚啊。"

"已经懒得离了。本来还可以抓住机会的，可现在机会的尾巴都秃了。"

"文子后脑勺的头发倒没掉啊，连白头发也没有。"

"您的前额已经秃了，所以您连机会的头也抓不住了。"

"因为天底下不这样嫉妒的妻子是不存在的，所以我前额的头发为协助防离婚而牺牲掉了……"

"再说我可要生气啦！"

这对中年夫妇总是像这样习以为常地拌着嘴，吃着习以为常的早餐。文子看起来似乎心情不错。从刚才的对话中可以看出，她倏忽间又想起了《十六七岁的少女》，但是今天她不打算深挖往事。

暴风雨似乎也已经过去，外面渐渐安静下来，但仍未云开日出。

"太一郎还在睡吗？叫他起来！"大木说。

"哎。"文子点头答应着，"不过，我叫不起他来的，他肯定会跟我说，学校放暑假了，让我再睡一会儿吧。"

"今天他要去京都吧？"

"可以在家吃了晚饭再去机场。"

"……"

"到那么闷热的京都去做什么呀？"

"你自己去问太一郎呀。听他说，好像突然想再去二尊院的后山看看三条西实隆的墓，因为他准备写一篇围绕《实隆公记》展开研究的学位论文……你知道实隆这个人吗？"

"是位公卿吧？"

"当然是位公卿啦。应仁之乱[1]后的足利义政东山时代，他官至内大臣呢，和连歌师宗祇等人也有密切交往。嗯，他算得上是位乱世之中尽力保护文学、艺术并且使之流传后世的公卿

---

[1]　应仁之乱：日本室町末期围绕足利将军继嗣问题而发生的一场持续约十一年的内乱，幕府内部分裂为东西两军在各地开展，幕府势力从此以后逐渐衰落。

呢。他留下了《实隆公记》这部内容庞大的日记，他的人品据说也很有趣。太一郎说他打算以《实隆公记》为主要材料，研究那段被称作东山文化的历史文化。"

"是吗？二尊院在哪儿？"

"小仓山的……"

"小仓山是哪里了……您带我去过呢。"

"不是在古时候那部《小仓百人一首》的那个小仓山山麓吗？那附近有许多有关藤原定家①的传说之地。"

"噢，是嵯峨野啊，我想起来了。"

"太一郎还收集了一些可以写成小说情节的逸闻、稀奇古怪的传说片断，他建议我写进小说里。我说那些东西太无聊了。可他说这些无聊的逸闻传说多是些胡乱编造的故事，或者是添枝加叶的故事，但它能让小说的故事情节更加生动啊。你看太一郎说话这口气，他似乎把自己当成一个了不起的学者了。"

文子没有发表意见。她只是会意地微微点了点头，脸上浮出一丝几乎察觉不到的微笑。

"快去叫学者先生起床！"大木说着站起来，"哪有老子都要坐在书桌前开始工作了，儿子却还在睡懒觉的？"

"是。"

---

① 藤原定家（1162～1241）：日本平安末期至镰仓初期的歌人、学者，曾奉旨参与编撰《新古今和歌集》《新敕撰和歌集》，晚年编撰有著名的《小仓百人一首》和歌集，至今仍广为阅习。此外，还著有和歌论著《近代秀歌》等。

大木年雄独自走进书房，他双手支在书桌上，托着腮帮子，认认真真思考起刚才夫妇二人开玩笑打趣时说到的"小说家退休"。卫生间传出漱口的声音。接着，太一郎一边用毛巾擦拭着脸一边走进书房来。

"起这么晚哪？"父亲嗔怪道。

"醒是早醒了，躺在床上陷入了幻想呢。"

"幻想……？"

"爸，和宫皇女的墓被发掘了您知道吗？"太一郎问。

"哦，和宫公主的墓被挖了？"

"说是挖嘛也的确就是挖……"太一郎似乎想缓和一下父亲吃惊的语气，"准确讲应该说是发掘。为了进行学术研究，不是经常要对那些古坟展开挖掘吗？"

"嗯。可是，和宫公主的话，还算不上什么古坟吧？她是什么时候去世的来着？"

"一八七七年。"太一郎不假思索地对答。

"一八七七年……？这么说起来，还不到一百年哪。"

"没错。可是，据说和宫公主早就化成一堆白骨了呀。"

"……"大木皱起了眉头。

"据说枕头啊衣服啊什么的都没有了，随葬品之类的也一无所有，只剩下一具白骨。"

"也太残忍了吧，把那些个挖出来……"

"说是就像小孩子玩累了，躺在那儿打瞌睡一样，那姿势天真而优美。"

"你是说白骨？"

"是的。在白骨的头骨后面，还有一束齐肩的头发，还是黑的哩，据说这样的发型显示了这位青春早逝的女性的高雅。"

"你刚才说陷入了幻想，就是关于白骨的幻想？"

"是呀，不过不光是关于白骨的幻想，那白骨里面有一种美丽、妖艳、难以捉摸的东西……"

"什么东西？"大木还是提不起兴趣，他和儿子的话题不合拍。的确，毕竟将一个三十来岁便死去、充满悲剧的皇女的坟墓挖开，调查墓中的白骨之类，实在是对人太不尊重了，大木不能接受。

"什么东西……说老实话，我也想象不出来。"太一郎说，"对了，我想让老妈也来听听，我去叫她过来好吗？"

太一郎站在那里，毛巾挂在脖颈上，大木朝他轻轻点了点头。

隔了一会儿，太一郎一边高声说着话一边把母亲领到父亲的书房。太一郎把刚才向父亲说的话又向母亲学了一遍。

大木为了慎重起见，从走廊的书橱中抽出一册日本历史大辞典，翻到和宫那一页，随后点上了一支烟。这时，看见太一郎手里拿着一本薄薄的类似杂志的出版物，便问道：

"是关于发掘调查的报告？"

"不是，这是博物馆的杂志。博物馆有个叫镰原的人，在一篇题为《美会消失吗》的随笔中，好像写到了有关和宫的幻异故事，调查报告里说不定没有提及。"

太一郎舒了一口气，一边浏览着那篇随笔一边说道：

"在和宫公主的白骨两腕之间，发现了一块比名片稍大的玻璃残片，据说这是墓中仅有的一件和白骨葬在一起的物品。因为对芝增上寺的德川将军家的墓地进行发掘调查，所以也一并将和宫的墓挖掘开来……据对玻璃片进行染织技术分析的人员说，推测那块玻璃可能是随身携带的小镜子或者照相感光板，因此用纸包好带回了博物馆。"

"感光板，是照相用的……？"

"是的。在玻璃板上涂上某种溶液后，趁它没有干的时候就可以拍照了……很早以前就有照相技术了对吧，就是那种。"

"噢，那个……我见过。"

"进行染织技术分析的学者，在博物馆对已经呈透明状态的玻璃片从各个角度进行透视观察，据说出现了一个男人的影像……果然是照片——是一个身穿武士便礼服、头戴黑漆礼帽的年轻人，虽然影像很模糊……"

"是家茂将军的照片？"大木也被太一郎吸引了，他问道。

"嗯，可以那样推测吧，研究者也认为应该是和宫公主怀里揣着先她而亡的丈夫的照片，化作了一具白骨，所以他们打算第二天同文化遗产研究所商量，用什么办法把这张照片复原得更加清晰一些。"

"……"

"可是到了第二天，在早晨的光线下一看，那个影像彻底消失了，一夜之间，变成了一块完全透明的碎玻璃。"

"唉……"母亲望着太一郎叹息道。

"这是由于长年埋在土中的东西接触到了地表的空气和光线的缘故。"父亲解释道。

"是的，染织学者不是因为错觉，而是确实看到了一个影像，这是有人证可以证明的，他拿着照片感光板端详那影像的时候，保安恰好巡逻走过来，他把影像给保安看，保安也真真切切地看到了一个年轻男人的模样，所以那个保安可以证明。"

"是吗？"

"这篇随笔中写道：'这的确是一个诡异的故事。'"

"……"

"但是，因为这位博物馆工作人员是位文学爱好者，所以并没有止步于'诡异故事'，而是展开了想象。不是据说和宫公主有一位真正相爱的人叫有栖川宫吗？白骨怀揣着的，不是丈夫家茂将军，而恐怕是情人有栖川宫，是和宫临终之时，秘密命令侍女将情人的照片和自己的遗体葬在一起的吧，这样才与皇女的悲剧生涯相吻合——随笔中是这样写的。"

"嗯，这也就是想象嘛。假如真的是情人的照片，那么倒是从墓中出土后，一夜之间消失了的好啊。"

"随笔中也是这么写的：那张照片本该永远偷偷地埋于地下，一旦暴露于世，影像便在一夜之间彻底无影无踪了，对和宫公主来说，这也是最理想的结局。"

"就是嘛。"

"我认为这须臾消失的美，作家完全可以将其捕捉到并再现出来，经过文学的加工和升华，定能成为一部香气袭人的作品。——这是随笔的最后一段话，爸爸，您不想写一写吗？"

"哦，我写不了。"大木说，"其实可以从发掘现场写起，把它写成一篇紧凑的短篇小说……不过，有那篇随笔不就可以了嘛。"

"是吗？"太一郎似乎感到遗憾，"早上我躺在床上，读着这篇随笔就陷入了久久的幻想之中，然后我就有一种冲动一定要告诉爸爸，爸爸您还是抽空读一读吧！"说罢，将杂志搁在父亲的书桌上。

"好，我会读的。"

太一郎刚要起身离开，文子突然发问道："那个和宫公主的白骨……她的遗骨，后来怎么样了？不会是当作研究材料送去大学或博物馆之类的地方了吧？那样可太作孽了。也许还原样放回到墓里了？"

"嗯，这个随笔里倒是没有写到，所以我也不清楚，不过，应该是原样放回墓里去了吧。"太一郎回答。

"不过就算这样，原先公主揣在怀里的照片现在没了，作为遗骨也会感觉凄凉呢。"

"哦，倒没想那么多。"太一郎说，"爸爸，如果写成小说的话，会交代这个结局吗？"

"掉进伤感的坑里了。"

太一郎离开了书房。"您要工作了是吧？"文子站起来也打算走开。

"唉，听了那些话，我得先出去散散步，不然总感觉有点不好受。"说着大木从书桌前站起，"天也该放晴了吧。"

"还有点云，不过一场大雨过后，空气应该特别清爽吧。"文子走到走廊上向外面看了一眼，"您从后门出去，屋顶漏雨的地方正好看一眼吧。"

“我以为你会说和宫公主的遗骨是不是很凄凉啊，没想到是叫我看屋顶漏雨的地方！”

散步穿的木屐放在后门口的鞋柜里。文子一边为丈夫拿出木屐对齐摆好，一边问道：

“太一郎说了那么些关于墓地的事，他说想去京都看看墓地，可以吗？”

“什么……不可以！真是的，文子你说话怎么这么跳跃啊？”

“没有跳跃啊。和我们说起和宫公主的故事时，太一郎就考虑着想去一趟京都了。”

“都是几百年前的、室町时代的古坟了好不好，三条西实隆的墓……”

“太一郎到京都去是想去见那位小姐！”

这句话又大大出乎大木的意料。

文子摆放丈夫的木屐时是蹲着的，脸朝下说出太一郎打算去一趟京都，此时她已经直起身来，弯腰准备穿上木屐的大木的脸就在她咫尺之近，文子的眼睛直直地盯着大木。

“您不觉得那位漂亮得让人吃惊的小姐很可怕吗？”

和坂见景子在江之岛的旅馆过夜一事，大木瞒着妻子没有提起过，此刻被妻子这么一问他一时什么话也答不上来。

“我有一种不祥的预感，”文子说着，视线仍停在大木脸上，“今年夏天，都没听见几声像样的打雷声呢。”

“你又一下子这么跳跃……”

“刚才那一阵傍晚的雷阵雨要是一直下到晚上的话，说不定这雷会击中飞机呢。"

"说什么昏话呢……日本还从来没有听说有雷击中过飞机的先例哪。"

大木像是有意从妻子身边逃避开去似的，走出了家门。刚才那一场激雨，也没有赶走厚厚的乱层云，天阴沉沉的，空气也湿漉漉的。尽管雨过天晴，但大木完全没有抬起头来看一眼天空的心情，儿子要去京都和景子见面，这件事情重重地压在他的脑际。

说好外出散步离开书房的时候，本想着随便去北镰仓众多古寺中的哪一座去转转，但是听了妻子的一席话，他又打消了这个念头，因为那儿有不少古坟，这会儿实在不想再看见坟墓。大木登上了离家不远长满灌木林的一座小山丘。骤雨过后，空气中充满着夏日草木和山上的泥土的气味，当大木的身体完全被包围在灌木丛中时，他不由想起了景子的身体。

景子美丽的身体中，首先清晰地浮上大木脑海的是景子的乳头，桃色的，几乎像透明的桃色的乳头。日本人虽然是黄种人，但日本女性中也不乏肌肤比白人更白、韵味更浓的人，日本女性的肌肤仿佛是从内向外映照出来似的那种白，较之西洋女性带着浅浅粉色的白色肌肤看上去更加灵妙。而若是拿乳头来说，日本少女的乳头是桃红色的，这在任何国家的少女中都绝无仅有，并且桃红之中还透着一种难以命名、似有若无的微妙颜色。景子的肌肤虽然算不上特别白皙，但乳头颜色却好像沐浴着雨露般清润欲滴的那种桃红色，仿佛是稍稍带着点小麦色的胸前缀着两颗含苞欲放的花蕾，那些难看的褶皱和小疙瘩一个也没有。除此以外，乳头的大小与其说可爱，不如说是恰到好处。

　　然而，大木之所以想到景子脑海首先就浮现她的乳头，不仅由于它确实很美，还有另一个原因。在江之岛的旅馆里，景子只允许大木爱抚自己右侧的乳头，但左侧的她却竭力躲闪，大木想伸手摸摸她的左边，景子用手紧紧护着不让他触碰，大木抓住她的手使劲拨开，景子一下子跳了起来，佝着身子说道：

　　"不，不要！饶了我吧，请原谅……左边不行……"

　　"哎？"大木停下了手上的动作，"为什么左边的不行？"

　　"左边的出不来。"

　　"出不来……"大木感到困惑。

　　"不好。不要！"景子气喘吁吁地接着说道。听了这话大木仍然像丈二和尚摸不着头脑。

　　景子说的"出不来"，是说乳房分泌不出什么东西的意思吗？"不好"又是什么不好呢？还是说左侧乳房不够丰满或者塌陷、长得扁瘪畸形的意思？大概是景子认为这是一种残疾因而一直不愿示人吧，又或者说左右两侧的乳房的形状长得不一样，一个年轻姑娘怕被人看见而令她不堪羞怯吧。此时大木忽然想起，刚才将她抱起放到床上的时候，景子的身体和双腿都蜷缩着，左肘屈曲着挡在左胸前，似乎比右腕更加用力一些，但在那前后，大木的视线已经扫到了景子的胸脯、左右两侧的乳房，虽说并不是刻意想看看景子左右两侧的乳头形状是否有异，但如果左侧乳头形状异样的话，肯定会引起大木注意的。

事实上，大木用手使劲拨开景子的手时已然看到，景子的左侧乳头并无任何异样，稍稍仔细地看了几眼，也不过是发现左侧乳头比右侧的略微小那么一丁点而已，但左右两侧的乳头大小稍稍有异，对女人而言完全不是什么罕有的事情，景子何至于如此抗拒不让大木触碰呢？

越是躲避和遮掩，反而愈加激发起大木的兴趣，非要看看，他一边索求一边问景子：

"左边这个是不是只让谁一个人抚摸？有这样的人吗？"

"不是的。没有那样的人。"景子摇头回答道。她睁开眼睛盯着大木，由于距离大木的脸非常近，大木看不真切景子的表情，景子眼中闪动的晶润虽然不是泪水，但他知道，它有着悲伤的色彩。至少，那不是愿意接受爱抚的眼神。景子很快又闭上了眼睛，不再挣扎，任大木在她左侧乳房上轻抚。可是，这无疑是一种"绝望"的闭眼。大木看到后，便松开了手，景子立即害羞似的转过身去，胸脯一起一伏地喘着粗气。

难道景子的右侧乳房是半处女，左侧乳房是处女？现在大木知道了，景子右侧和左侧的感受是不一样的，景子说的左边"不好"也可以理解了。如果是初次接受一个男人爱抚的姑娘，这的确是非常大胆的表白。又或者，这是年轻姑娘擅长耍心眼的一种手腕吧，让男人产生亲自体验一下左右两侧不同的女子究竟是什么样女子的跃跃欲试的冲动，男人摆明了很容易被诱惑的，即使这种不同源于先天，亦无须矫正，但一个"异常"女人却可以用她的"异常"去刺激男人，从而给对方留下深刻的印象。大木也从未体验过左右两侧乳头感受如此不一的女人。

　　女人当然有着不同的敏感区域和喜欢被人爱抚的部位，各有差异，而景子的左右乳房大概便是其感受最强烈的部位吧。又或者，事实上一个女人的喜好正是一个男人的喜好，换句话说，男人的喜好、习惯使得他的那个女人渐渐养成了那样的感受喜好，这种情形也不在少数。如果是这样，那么景子感觉漠然的左侧乳房对大木来说就更加具有魅惑。景子左右乳房感受不一，也许是某个不太懂得女人的男人造成的吧，从而在景子身上留下了一个处女乳。这个左侧的乳房对大木的吸引力更大。可是，要想将左侧的乳房调教得跟右侧乳房一样，必须花上许多时间，一次次地加以爱抚才行，大木不知道今后是否有那么多的机会和景子在一起。

　　何况，今天是第一次抱拥景子，硬要索求她不愿让人触碰的左侧乳头似乎太愚蠢了。大木已经避开左乳，去探索景子身上其他敏感的部位。大木找到了。当他开始剧烈动作时——

　　"老师，老师！上野老师！"

　　听到景子的呼唤，大木猛吃一惊，顿时兴致索然，随后被景子一把推开。景子起身躲开，端正了姿势，坐到梳妆台前梳理蓬乱的头发。大木没敢朝她那边看。

　　屋外仍急骤的雨声将大木推入了孤独。孤独感，多么会乘人之虚而入啊。

　　"先生，您可不可以安安静静地搂着我睡觉？"景子回到面前时用娇媚的声音对大木说道，并且俯着身子从下往上窥视大木的脸。

大木的左手胳膊环拥着景子的脖颈，但一句话也没有说。脑海里又浮现出音子的影子，竟好一阵子拂不去。而此刻偎依过来的却是景子。隔了一会儿，大木开口说道：

"闻到了景子小姐的味道。"

"景子的味道是……？"

"就是女人的味道。"

"是吗？是因为空气闷热的缘故吧……真丢人。"

女人被不讨厌的男人较长时间抱拥后，肌肤自然而然地会散发出体味来，即使是少女也一样，而且女人是无法抑制气味散发的，这种气味不仅能够增强男人的情欲，还具有使男人感到安心、感到满足的效用。女人在"可以委身这个人"的潜意识作用下，才会由内而外散发出这种气味。

大木并没有露骨地说出来，为了让景子自己去体会这种气味是多么怡人，他将脸贴在景子的胸口。然而，景子呼唤音子之后，大木只是在景子的气味包裹下，静静地闭上了眼睛。

因为有过这样一段插曲，此时大木在灌木丛中浮想起景子的身体时，最后久久停留在脑海中挥之不去的，还是景子的两颗乳头。不，与其说是停留在脑海中，莫如说是景子的乳头重新鲜明地浮现出来。

"不能让太一郎去和景子见面！"大木坚决地自言自语道，"绝不能让他去见！"

大木的手紧紧抓住身边一株灌木的枝干。

"该怎么办呢？"大木晃动着枝干，那些仍挂在枝干上的雨滴纷纷落到大木头上。地上似乎也还积着水，大木脚上的木展前头湿了。大木环顾着将自己包围其中的周边翠绿的灌木林叶，它们像一张绿色的网罩在身上一样，他感觉有点透不过气来。

为了不让太一郎去京都和景子见面，看来只好将自己与景子在江之岛旅馆过夜的事情向儿子和盘托出了。假如不想这样，那么，给音子或者直接给景子发封电报怎么样？

大木脚步匆匆地赶回家。

"太一郎呢……？"他问文子。

"太一郎去东京了。"

"东京？这会儿去东京了？不是晚上的飞机吗？是打算先回一趟家再去吗？"

"不，机场是在羽田，回来再走多麻烦啊。"

"……"

"他说出发前先到学校研究室去一趟，所以提早出门了。他说想去拿些放在研究室的资料……"

"奇怪。"

"您怎么了？脸色不太好啊。"

"……"

大木避开文子的目光，走进自己书房。他既不能告诉太一郎，也没有给音子或景子发电报。

太一郎乘坐傍晚六点的飞机飞往大阪。在伊丹机场，景子一个人前来迎接他。

"这、这真是……"太一郎不知所措地和景子打着招呼，"没想到你会来接我，真是劳烦你了！"

"您不说声谢谢我吗？"

"谢谢！麻烦你了！"

看到太一郎眼睛里的目光炯炯有神，景子温柔地垂下了眼帘。

"是从京都过来的吗？"太一郎的话依旧显得笨嘴笨舌。

"是的，从京都来……"景子柔声柔气地答道，"我住在京都，不从京都过来，会从哪儿来呢？"

"哦，"太一郎也露出了笑容，"你这个漂亮得让人眼花缭乱的人，真是来接我这样的人吗？我真不敢相信自己的眼睛哪。"

"您说我穿的衣服……？"

"是啊，衣服和腰带都漂亮，还有……"太一郎想说，还有头发和面容。

"夏天嘛，我觉得还是穿一袭和服、束紧腰带，这样才会感觉凉快一些。天热的时候穿得松松垮垮的，我很讨厌。"

话虽这么说，但景子身上的和服和腰带好像都是簇新的。

"夏天，我喜欢穿着素净一点的衣服。这腰带还素净吧？"

太一郎慢悠悠地走向乘客托运行李领取处，景子跟在他身后，解释道："这腰带是我自己画的。"

太一郎回过头。

"您看得出我画的是什么吗？"

"嗯，是水吧？是河里的流水？"

"是虹，无色的虹……只是水墨浓淡的曲线，估计谁也看不出来吧，但我想让夏天的虹彩绕在身上。这是将近黄昏时悬在山上的虹。"景子说着转了个身，让太一郎看身后鼓形的罗纱腰带结。鼓形腰带结上是青翠色的山峰，山峰上依稀映着一抹淡淡的橙色，那大概是黄昏时分天空的颜色吧。

"前面和后面不协调呢，是个神经兮兮的姑娘画的，所以腰带也是怪怪的。"景子仍背对着太一郎，她脑后的头发盘起，露出细长的脖颈，那脖颈的肤色与依稀的橙色十分般配，吸引了太一郎的视线。

前往京都的乘客，由日本航空公司免费用出租车送至位于御池街道的日航办事处。前面一辆车有四位性急的乘客一同乘了上去，太一郎稍一踌躇，后面一辆又驶了上来，于是只有他和景子二人乘坐。车子驶出机场后，太一郎像是忽然回过神来，问道：

"这个时间从京都赶过来，景子小姐，那你晚饭还没有吃吧？"

"哎呀，看您，尽说这些见外的话。"

"……"

"我午饭也没想吃。等到了京都后再吃吧，我们两个一块儿。"随后，景子又悄声说道："我呀，从太一郎先生走出飞机舱口的时候起，就一直盯着您了，您是第七个走出来的吧。"

"第七个……？我是第七个出来的吗？"

"是第七个。"景子非常肯定地重复了一遍，"您只顾看着自己脚下走路，根本没朝我这边看。如果想到有人来接的话，一跨出机舱门，就会往接机的人群那边张望的，谁都是这样……可太一郎先生是低着头，漫不经心地一路走过来的，让我为自己跑来接机而感到难为情，真想找个地方躲起来呢。"

"我没想到你会跑到伊丹来接我呀。"

"为什么？那您怎么在快递信上写着航班时间呢？"

"我是想证明我确实飞往京都啊。"

"您的快递信就像电报一样，除了航班时间以外什么也没写，我以为您是在考验我呢。您是不是在考验我会不会来伊丹接您？明知道是考验，我还是来接您了。"

"什么考验呀……假如是考验的话，那就像你说的，一出机舱门就应该到处寻找，看你是不是来了对吧。"

"您都没有写在京都的住处，如果不来机场接您的话，那我们怎么见面呢？"

"我……"太一郎支支吾吾地说，"我只是，想让景子小姐知道，我确实到京都来了。"

"讨厌，这样说，我可不想听……怎么回事，叫人都糊涂了。"

"我本来是想，到时候说不定会给你打个电话。"

"说不定……？要是没有说不定的话，您就直接回北镰仓了是吧？您只不过很想我知道，您到京都来了是不是？您寄那封快递信，也只是为了嘲弄我一下、羞辱我一下是吗？您来京都，却不愿和我见面……"

"不是的，我是为了给自己一点和景子小姐见面的勇气，才发那封快递信的啊。"

"和景子小姐见面的勇气？"景子的语气终于由吃惊转为温和，"我应该感到高兴？我不应该感到悲伤吗？到底应该怎么样好呢？"

"……"

"好了，您不用回答我……幸好我来接您了。我不是那种见个面还需要鼓起勇气的姑娘，不过……有时候，我巴不得自己去死，我就是个这样的姑娘，别人可以任意把我踩在脚下，也可以随时将我一脚踢开，我不在乎。"

"你突然乱说些什么呀？！"

"不是突然，我就是这样的姑娘，我愿意让别人将我的自尊心彻底击碎。"

"我好像不是那种伤人自尊心的人吧。"

"看样子是那样，不过那样子不行……您可以尽情地踩我。"

"为什么要说这种话呢？"

"什么也不为……"风吹进车窗，景子举手轻按着头发，"也许是因为我过于悲伤了……刚才太一郎先生走下飞机以后，好像忧心忡忡地走向候机大厅的对吧？您在忧虑什么呢？看来您心里压根儿没有想到景子会来接您、会在这里等着您吧。"

其实并非如此。太一郎一路走一路心里在想着景子的事。只是，这些他不能对景子说出口。

"您这样子，让我好悲伤啊，我这个人是任性……我想让太一郎先生知道，这世上有个叫景子的姑娘，我该怎么做才好呢？"

"我是时刻想着的呀……"太一郎的声音有些紧张，"现在还是……"

"现在还是……"景子咕哝着，"希望您现在还是这样。和您在一起真是不可思议呀，不可思议，所以我不说了，您说点什么吧……"

出租车穿过茨木市、高槻市的新建工厂区一驶而过，经过山崎一带的山峦时，"三得利"工厂从一片灯光中映现出来。

"飞机上不颠簸吧？"景子问，"京都傍晚的时候下了一场倾盆大雨呢，我真有点担心。"

"机上倒是没怎么颠簸，不过感觉飞机像要撞到山上一样，吓死人了。从舷窗看出去，外面黑色的山峰直矗在眼前，感觉飞机马上就要撞上去似的……"

景子的手摸索着伸了过来。

"是把黑色的云团看成山了。"太一郎继续说着。他的手被压在景子的手掌下，但他没有动弹，景子也保持了这样的姿势好久没有移开。

车子驶入京都市，在五条大街拐弯向东驶去。虽然连摇动一下垂柳枝条的微风也没有，但可能是刚刚下过暴雨的缘故，并不显得很闷热。夜幕徐徐降临，遍植垂柳的宽阔街道两侧的绿荫，一直连向远处，街道的尽头是东山，黑云低垂的暮色中，山与天空已经很难分清。然而，虽然身处五条大街的西端，但太一郎已经感受到了京都的韵致。

沿堀川向上，车子在御池街道上行驶，很快到达日航办事处。

太一郎预订的是京都大酒店，因他对景子说："先去酒店将行李搁那里。酒店就在不远，从这儿就能看见了，我们走着过去吧。"

"不，不嘛！"景子摇着头，乘上停在日航办事处门口的出租车，并催促太一郎上车。

"到木屋町，从三条大街过去。"景子吩咐司机道。

"途中请到京都大酒店稍停一下。"太一郎关照司机，但被景子打断了："不用了，不用停，直接去木屋町！"

到了木屋町的茶屋，走进狭窄的过道，太一郎就感到很新奇。二人被领进一间四席半的房间，正好朝向鸭川。

"这里真不错！"太一郎的视线被窗外的河吸引了过去，"景子小姐竟然知道这样的好去处啊！"

"这是老师常来的地方。"

"你说的老师，是上野老师吧？"太一郎转过身问道。

"是的，就是上野老师。"景子答着起身来，走出房间。太一郎心想，她大概是去点菜吧。大约五分钟后，景子回到房间坐下来，说：

"假如您不反对的话，就在这儿住下吧，我已经打电话把您订的酒店房间退了。"

"啊？！"

太一郎目瞪口呆地盯着景子，景子温柔地垂着头说道：

"对不起，我、只是想让太一郎先生住在我熟悉的地方。"

太一郎不知说什么好。

"求求您，就住在这儿吧！在京都您不就只待两三天吗？"

"那是。"

景子抬起头。她眉头没有施黛，短而齐整的眉毛勾画出可

160

爱的眉廓，配上乌黑的眼睛，透出几分稚气。她的眉毛很淡，看上去比眼睫毛的颜色还浅。口红似乎也只淡淡地涂了一点颜色，嘴唇不大不小，形状非常好看，简直让人不相信只是嘴唇，脸上也看不出一点涂脂抹粉的迹象。

"讨厌，干吗那样子看着我？"景子眨着眼睛说。

"你的睫毛很密……"

"我可没戴假睫毛，不信您扯扯看。"

"真的，我真想捏住扯扯看哩。"

"可以呀，请吧……"景子闭上眼睛，将脸凑过去说道，"大概因为睫毛长得翘，所以看上去显长吧。"

景子仰着脸等太一郎扯她睫毛，但太一郎却没敢真的去扯。

"你睁开眼睛。再稍微往上仰一点，眼睛再睁大一点。"

景子照太一郎说的做了，随后问道："是不是想让我好好看看太一郎先生？"

女服务员送上来日本酒、啤酒，还有下酒小菜。

"您喝日本酒？还是喝啤酒？"景子松了松肩膀说，"我可不喝哦。"

面对河边平台的纸拉门半开着，虽然看不见门外的人，但外面几个客人显然已经喝得醉醺醺的了，发出了高声喧哗，还夹杂着艺伎的声音，直到沿着河滨散步道卖唱的胡琴声从下游临近这儿，他们才霎时安静下来。

"明天您怎么安排？"景子问。

"先去一趟二尊院，到后山参拜陵墓，那是三条西家的陵墓，很有说头的哦。"

"陵墓……？我能和您一道去吗？我想请您带我去琵琶湖乘坐汽艇呢。不一定明天，改天也行啊。"景子望着电风扇说道。

"汽艇？"太一郎有些踌躇，"我没坐过，也不会开啊。"

"我会！"

"你会游泳吗，景子小姐？"

"您是说万一汽艇翻了？"景子看着太一郎，"那当然是您来救我呀，您会救我的对吧？我就紧紧抓住太一郎先生。"

"紧紧抓住可不行啊，我要是被紧紧抓住就没法救你了！"

"那应该怎么做啊？"

"应该我抱住景子小姐才行呢，从后面，两只胳膊伸到你腋下……"太一郎说着将视线移开，好像有什么东西令他感到晃眼似的。这么说着仿佛那种感觉登时已涌上脑海，在水中抱着这么个美丽的姑娘，如果不牢牢抱着景子浮上水面，两个人都有性命之虞。

"那就让它翻了好了！"景子说。

"能不能救上来，我也没把握哦。"

"万一救不上来，那会怎么样？"

"不要再说这个话题了！对汽艇我心里也有点害怕，还是不说了。"

"汽艇是不会翻的，我还是想乘，我一直盼着能乘坐一次呢。"景子给太一郎的杯子里倒上啤酒。

"您不换上浴衣吗？"

"哦不，不必了。"

屋子的一隅放着浴衣。男用浴衣和女用浴衣叠放在一起。

太一郎尽力让自己的视线避开那里。房间无疑是景子预订的，但还备了女用浴衣这是怎么回事？

这间四席半的房间没有套间，太一郎不能当着景子的面脱光衣服、换上浴衣。

女服务员端来料理，她没有朝景子看，也没有说什么。景子也没有作声。

从下游不远的平台上传来三昧线的琴声。这家茶室屋外的平台上，带着酒意的喧哗声不断，那操着大阪口音的对话太一郎听得清清楚楚。卖唱艺人用胡琴伴唱的略带感伤的流行歌声渐渐远去。

坐在房间里看不见窗外的鸭川。

"您到京都来，先生知道吗？"景子问。

"我父亲吗？知道啊。"太一郎答道，"不过，景子小姐跑到伊丹机场来接我，我和景子小姐现在在这儿，他肯定不会想到的。"

"您瞒着父亲偷偷来和我见面，我太高兴了……"

"倒没有存心瞒着父亲，"太一郎支支吾吾地说，"这样算是瞒着他吗？"

"当然算啊。"

"景子小姐，上野老师呢……"

"我什么也没告诉她。不过，大木先生和上野老师都会用第六感看穿的吧，要是那样的话，心里紧张，反而更加让人兴奋呢！"

"不可能呀。上野老师应该不知道我吧？景子小姐，你跟上野老师说起过什么吗？"

"我去北镰仓拜访您府上回来后，跟老师说起过太一郎先生领我到镰仓游玩参观的事，还说我喜欢太一郎先生，上野老师脸色变得煞白呢。"

"……"

"您想，曾经有过那样一段痛苦爱情的两个人，对大木先生的儿子，上野老师能不关心吗？老师和大木先生不得不别离后没多久，太一郎先生的妹妹就出生了，上野老师有多伤心啊。这些我也从老师那里听说了。"景子乌黑的眼眸射出两道锐利的光，双颊也微微泛红。

太一郎接不上话了。

"现在上野老师正在画一幅画叫《婴儿升天》，画的是一个婴儿坐在五彩云霞之上，可老师告诉我说，其实这个婴儿是不会坐的，因为她八个月的时候就早产死了！"景子吸了口气继续说道，"假如那个孩子活着的话，她就是太一郎先生的妹妹，是太一郎先生现在这个妹妹的姐姐！"

"你为什么要对我说这些？"

"我想为上野老师复仇！"

"复仇……？向我父亲？"

"是的，也向您……"

"……"

太一郎没能把盐烤香鱼的鱼身和鱼刺分开，他的筷子尖似乎停住了。景子将太一郎的香鱼碟子拉到自己面前，一边用筷子灵巧地替他分离开鱼身和鱼刺，一边问道：

"大木先生有没有说起过我？"

"没、什么也没有提起，因为我没有向父亲提过景子小姐的事情。"

"为什么？为什么不提呢？"

景子这一问，登时让太一郎局促不安，就好像被人用湿手摸着胸脯一样。

"从来没有跟父亲聊起过女人的话题。"太一郎生硬地冒出这么一句。

"女人的话题……？您说……女人的话题？"景子露出美丽的微笑。

"景子小姐刚才说为上野老师也要向我复仇，你打算怎么个复仇法？"太一郎用冷冷的声音问道。

"怎么个复仇法，说了就没意思了，反正就这个样子啦。"

"……"

"我的复仇，也许就是喜欢上太一郎先生吧……"景子将视线投向很远，似乎在眺望对岸的岸堤道路，"您是不是觉得滑稽？"

"不。难道景子小姐的复仇就是，让我喜欢上景子小姐……？"

景子点点头。这是放松、毫不掩饰的点头。

"是女孩的嫉妒。"景子喃喃道。

"嫉妒……？什么嫉妒……？"

"上野老师现在还爱着大木先生……她受了那么多苦，却一点也没有怀恨在心……"

"景子小姐这么爱上野老师？"

"是的，爱得要命……"

"虽然我无法为父亲多年以前的过错而偿债，但现在我和景子小姐这样相会，也和上野老师与我父亲过去的因缘有关对吧？是不是非要这样想不可？"

"就是那样的。"

"……"

"假如我不在上野老师身边，那么对于我来说，太一郎先生就好像不存在于这世上，我们也不可能相会吧……"

"我不喜欢这样的想法。一个年纪轻轻的姑娘冒出这样的想法，说明她被过去的亡灵缠住了，景子小姐的脖颈很纤细，纤细的脖颈很美，可是……"

"脖颈细，是因为没有爱过男人……上野老师说过，她不喜欢景子的脖颈变粗。"

太一郎强压住伸手搂住景子美丽的脖颈的冲动，说道：

"是魔鬼的喁喁低语吧？原来景子小姐活在咒语中啊。"

"不，我活在爱情之中。"

"上野老师对我的事情一无所知吧？"

"可是，上次在北镰仓您的府上见面回去后，我告诉过上野老师，说我觉得太一郎先生跟他父亲大木先生年轻的时候像极了。"

"不、我……"太一郎激动起来，"我一点也不像我父亲！"

"您生气了？说您和您父亲像您不高兴吗？"

"从机场见面那时候起，景子小姐就对我说了许多谎话，让我完全捉摸不透你的本意到底是什么。"

"我没有说谎。"

"你是个说谎习以为常了的人吧？"

"您这么说太过分了！"

"您可以尽情地踩我——这不是你自己说的吗？"

"您是不是在想，假如不尽情踩的话，这个姑娘就不会说真话？可我没有说谎啊，只是太一郎先生对我还不了解罢了。本意到底是什么？把它隐藏起来的难道不是太一郎先生你吗？太让人伤心了。"

"真的觉得伤心吗？"

"是的，很伤心——是伤心还是高兴，我也说不清楚。"

"为什么会和景子在这儿，我也说不清楚。"

"不是因为喜欢吗？"

"这我知道，可是……"

"可是什么……？"

"……"

"可是什么？可是什么呀？"景子抓起太一郎的手，攥在手心里使劲晃着说道。

"景子小姐，你还什么都没吃吧。"太一郎说。景子只吃了两三片生鲷鱼片。

"婚礼上的新娘不是不能吃东西吗？"

"又来了！你就是喜欢乱说的人。"

"不是太一郎先生先说起吃东西什么的吗？"

苦　夏

　　音子的体质特别容易苦夏。

　　少女时代在东京那会儿，苦夏不苦夏什么的，她不怎么在意，也没什么记忆了。移居京都之后，终于知道自己苦夏，是在二十三岁那年。那也是母亲告诉她的。

　　"音子也会苦夏呢，从我这儿遗传的体质，总算显露出来了，"母亲说，"不好的地方遗传去了呢。别看你生性固执好强，可你的体质到底是我的孩子，这一点没啥说的。"

　　"可我哪里固执好强了呀。"

　　"脾气倔得很呢。"

　　"一点也不倔啊。"

　　无疑，固执、脾气倔，母亲说的这些是因为她想起了和大木陷入恋爱时的音子。不过，那可不是脾气倔不倔的问题，而是一个少女的痴情，是一个少女疯狂的执着，不是吗？

　　搬来京都住，母亲的用意是消解和平愈音子的悲伤，因而自那以后母女二人都尽力避免提到大木年雄这个名字。然而，来到一个陌生之地，在举目不见亲友的城市，只有两个人面面相觑、两颗受到创伤的心灵相濡相响，便不能不更加想窥视各自心中难以拂去的那个大木，母亲将女儿当作映现出大木影像的镜子，女儿也将母亲当作映现大木的镜子，二人看到的影像在镜子中渐渐重合。

一次音子写信时翻开国语词典，那一页上的"思"字映入眼帘。日本语中的"思"字，有"想念"的意思，也有"无法忘却"的意思，也有"悲戚"的意思。看着看着，音子不由得觉得胸口一阵发紧，她愣怔着，忘记了查词典。从此音子对那部词典产生了恐惧，再也没有触碰过它。国语词典里也有大木。词典中想必有无数个词语会让人想起大木。眼睛所见，耳朵所闻，无不与大木联系在一起，这证明当初那个音子仍活着，这让音子无论如何不能想象，除了大木所爱的那个音子，自己竟然还拥有另一具肉体。

音子十分清楚，母亲想让自己忘掉大木，相依为命的母女二人，这是做母亲的唯一愿望吧。可是，作为女儿的音子却不想忘掉大木，既然无法忘记，索性不去忘记，而将其作为一种精神寄托，假如不这样，音子感觉自己就好像丢了魂一样。

十七岁的音子从医院精神科装着铁栏杆窗户的病房出来，并不是因为与大木的爱情伤痛得到了镇止，而是这段爱情已经在音子内心深深扎根了的缘故。

"我怕，我会死的。让我去死吧！不要，不要……"音子被大木紧紧搂在怀里，不顾一切地挣扎着。大木松开后，音子睁开眼睛，眼眶里一片湿润。

　　"我看不见小宝贝的脸，好像在晃动的水里一样，模模糊糊的。"这时候，十六岁的音子仍然把三十一岁的大木称作"小宝贝"。

　　"假如先生您死了，我呀，我也不活了，真的，我活不下去的。"音子的眼角闪着泪光。这不是悲伤的眼泪，是由于身体放松，让湿湿的泪花从湿润的眼睛里溢了出来。

　　"音子小姐要是因为我而死了的话，就没有像音子小姐这样想念我的人了。"大木说。

　　"喜欢的人死了，再去想念他，我可受不了。不行，还是死了好受些。嗳，就让音子也去死吧……"音子将脸贴近大木的喉咙，晃着头说道。

　　大木将这些话当成少女的枕边私语，他沉默了片刻后说道：

　　"假如，有把手枪对着我，或者有一把匕首刺向我，肯站在前面替我挡护的，恐怕只有音子小姐吧。"

　　"是呀，无论什么时候，我都愿意替您去死，欣然而往……"

　　"不要想着替我去死呀，我是说当我突遭意想不到的危险时，能马上不顾一切地保护我……挺身而出？"

　　音子点头道："是的，一定能！"

　　"没有一个男人肯为我这样做的，能拼命保护我的，看来只有你这个小姑娘了。"

　　"不小了，我已经不小啦。"音子特意重复了两遍。

"哪里已经不小了，哪里……？"大木伸手去摸音子的胸脯。

那时候，大木已经想到音子可能怀了自己的孩子，他还想到，万一自己遭遇不测而死，这孩子也将和音子一同消失吧——这是后来音子读了大木的《十六七岁的少女》才知道的。

到了二十二三岁时，母亲说音子也会苦夏，大概是因为音子毕竟已到了一定的年龄，也或许是母亲认为，音子不会再因为思念大木而憔悴消瘦了吧。

少女音子溜肩膀、骨架小、天生纤弱，却很少生病。她早产生下大木的孩子、和大木的恋爱有始无终、自杀未遂、被关入精神病房的时候，虽然十分癯瘁，看上去简直不堪入目，但不等心灵康复她的身体却早已经康复了。对于自己的身体如此年轻强健，音子那尚未平复的心灵竟产生了一丝厌恶。倘若不是因为思念大木而眼含哀戚，旁人从这个姑娘身上几乎看不出其内心的痛苦，而那满含哀戚的目光也被当成了年轻姑娘对生活的憧憬，所以在人们的眼里，这只会让音子显得更加美丽。

母亲是苦夏的体质，音子小时候就知道。给母亲擦拭汗津津的后背和前胸，是音子与母亲亲近的一种举动，她一边擦拭一边望着母亲消瘦的面容，什么话也不说，因为她已经看惯了母亲为夏而苦的遭际。但是在母亲说音子遗传了她的苦夏体质以前，音子从未想到过自己也会这样，或许是因为年轻粗心的缘故，在二十岁之前，音子应该多少也有些苦夏的症状吧。

音子在京都过了二十五岁，就一直穿着和服，虽然不像穿裙子或裤子那样让人一眼看出身材纤瘦，但从身体的各个部位还是能看出苦夏的影响。而且，每当苦夏音子就会想起已经去世的母亲。

音子苦夏怕热，随着年龄的增长越来越加剧。

"苦夏的药，哪种管用呢？报纸上登过那么多药品广告，妈妈，您服用的是哪种呀？"有一年夏天，音子向母亲讨教。

"啊，好像是每种都管点用，又好像都不管用。"母亲的回答模棱两可，隔了片刻，又郑重其事地说道："音子，对女人身体最最有效的药，就是结婚啊。"

"……"

"女人被授予在这世上生存下去的妙药，就是男人，所有女人都非服用不可的呀。"

"如果是毒药呢……？"

"是毒药也得服用。音子在不知不觉中服用了毒药，但直到现在也没有认为那是毒药吧。当然，也有祛除了毒性的良药，还有以毒攻毒的药。男人这种药，虽然有点苦口，但是眼一闭脖一仰也就喝下去了。还有的药让人恶心得直想吐，咽不下去，但是……"

音子最终没有服用男人这种专医女人的药，便和母亲永别了。女儿的婚姻，无疑是母亲的最大遗憾。而音子也从未像母亲说的那样，将大木当作一味毒药，即使在装有铁栏杆窗户的病房里，也没有一刻憎恨过大木，她只是思恋过度而导致了精神失常，音子为求死而喝下的烈性毒药，也在很短的时间里就被从体内清除干净了。虽然可以认为，大木年雄以及大木的胎儿都从音子体内排出了，或者，即使还难免有些许残存但不足以成为牵绊，然而事实上，和大木的爱从来不曾从音子身上消失过，也丝毫没有淡漠。

然而，时光在流逝。对一个人来说，时间的河流未必只有一条，在一个人身上，同时汇聚着几条时间之河吧。一如河川，时间之河在人身上有的地方流得湍急，有的地方流得舒缓，有的地方停滞不前了。此外，令千万人的时间之河以相同流速向前流逝的是上天，因人而异使得时间流速不同的则是人，时间对于所有人都一视同仁地流逝，而人却处在流速各不相同的时间里。

十七岁的音子已经四十岁了。但是，在音子内心留给大木的那个地方，时间却仿佛停滞了，静止了。或者说，就像漂浮在河上的一片落叶，无论漂到哪里都随着川流而浮漾，音子也和心中的大木一起随着时间而同时浮扬流动——在大木的时间之河中，音子是怎样流动的呢？音子不得而知。但至少，即使大木没有忘记音子，可随大木一起流动的音子的时间之河与大木的时间之河应该有所不同吧。纵使现在仍是一对恋人，但二人各自的时间之河也是依不同的流速而流逝，这是无法摆脱的命运所注定的。

今天，音子醒来仍像往常的早晨一样，用指尖轻轻揉了揉额头，又摸了摸脖颈和腋下，湿乎乎的，每天替换的睡衣上，似乎也有从肌肤里渗出来的湿气。

景子觉得音子身上潮湿是好事，可以使肌肤更加滑嫩而且散发出怡人的气息，有时会自告奋勇替音子脱贴身内衣，音子却觉得浑身一股汗臭简直不可忍受。

但是，昨天夜里景子一直过了十二点半才回来，并且躲闪开音子的视线，坐下来的动作也显得有些笨拙。

音子躺在床上，正凝视着墙上挂着的四五幅婴儿面容的素描画稿，手里举着团扇，像是用来遮挡天花板射下的灯光。音子看得聚精会神，只稍稍看了景子一眼，说了句："你回来啦，这么晚哪。"

在妇产医院，音子没能看上一眼八个月早产而死的婴儿，只是听说婴儿的头发已经长得又黑又密了。音子问母亲孩子长什么样时，母亲回答说："是个很可爱的孩子呢，看上去像音子。"音子知道这么说不过是安慰自己罢了。

音子从未看见过婴儿刚生下来的模样，近几年虽然从照片上见过，但看着感觉令人很不舒服，其中甚至还有生产的照片、新生儿与母体脐带相连的照片，让音子看得毛骨悚然。

所以，音子眼前浮现不出自己的婴儿的面容和整个模样，看到的只是内心的幻象。《婴儿升天》中的婴儿，并不是自己仅仅八个月便早产而死的婴儿，对此音子心里非常清楚，而且她也不打算画成写实作品，她只是想把对那连清晰的形体尚没有的失去之物的哀悼惋惜和爱怜之情用画表现出来。这个心愿积年累月藏在音子心中，成为憧憬的幻象，深藏心底，每当哀戚的时候，思想起来的便是这死去的婴儿的幻象。就连一直活到今天的自己，也必定会由这幅画而得到象征，自己与大木的爱情，所有的美丽与哀戚，也必定在这幅画中得到展现。

但是，这样一个婴儿的面容音子却怎么也画不好。圣母怀抱中的耶稣及小天使的面容，音子虽然见过，但大多是面庞敦壮或者是一副大人气的小孩面容，又或者是主观臆造的圣人面容。音子想画的，不是那种强壮而明快的面容，是一个包围着光环的缥缈微茫的梦幻中的灵魂，不存在于任何世上，是个能让任何人都变得温柔平和的精灵，而且画像还要尽量透出一种哀戚，但是，她不想采用抽象的画法。

　　光是对面容便有这样那样的期许，那么未足月已早产并死去的婴儿的身姿又该怎么画呢？背景和点缀如何安排？音子反复翻看雷东[①]和夏加尔[②]的画集，但是，富于美好幻想的夏加尔却欠缺那种天才，他没能激发出音子的东洋风格灵感。

　　日本旧时的金童太子图再次浮现于音子的脑海，较之西洋画像，它更加鲜明。金童太子的形象依据的是弘法大师的民间传说故事，画的是幼年时的大师于梦中在八叶（八朵花瓣）莲花上与佛陀论法时的情形。金童太子端坐于莲花之上这一形象已经成为定式，最古老的金童画中的太子庄重而清纯，但随着时代推移，有的金童已经变成了温柔妩媚的美少女形象。

　　五月的满月祭之夜，景子央求音子"给我画幅画像吧"，音子便想到画成像金童太子图风格的"圣处女像"，应该也是

---

① 雷东：即奥迪诺·雷东（Odilon Redon，1840～1916），十九世纪末法国象征主义画派的领军人物，致力于表现现实世界中不存在的鬼怪幽灵和幻觉形象，作品具有一种神秘色彩。

② 夏加尔：即马克·夏加尔（Marc Chagall，1887～1985），白俄罗斯裔法国画家，作品往往呈现出梦幻、象征性的手法与色彩，"超现实主义"一词就是为形容他的作品而创造出来的。

因为音子当时已经意识到，自己心底一直有着《婴儿升天》这样一个构思。尽管如此，但过后音子心里却又涌起一个新的疑虑，那就是，无论是尝试画死去的婴儿还是尝试描画景子，脑海里总是浮现出金童太子的形象，这一方面是因为音子被这幅画深深地迷住了，但同时这不也是音子自我爱慕、自我憧憬的体现吗？难道不是因为音子在金童太子图中看到了她所憧憬的自画像的缘故吗？无论死去的婴儿画，抑或景子的画像，实际上潜意识中都是音子想为自己画一幅自画像，金童太子般的圣幼儿像也好，圣少女像或圣处女像也好，这些幻象，无一例外不都可以说是圣音子像的幻象吗？音子的这个疑虑，好像一把利刃，不由自主地用自己的手刺入自己胸膛。音子没有用这把利刃剖开自己的胸膛，她拔出了利刃。但是，留下了伤痕，并时时作痛。

音子当然不想原封不动地照搬金童太子图的样式来描画死去的婴儿或者是景子。但是，无论构思哪个画像，脑海里总是会首先浮现出金童太子图的形象，音子不管决定画哪个，其构思背后都潜藏着一个金童太子，她在犹豫用《婴儿升天》还是《圣处女像》作画题时，就已经感觉到了这点，音子想通过自己的画，将自己对于死去的婴儿和景子的爱予以净化甚或圣化。音子不好意思将景子的肖像画取题为《圣处女像》，便和景子开玩笑说题作《某位年轻的女抽象画家》一定很有趣，但音子从未认真地认为景子的画可以归入现今意义上的抽象画范畴。不过，说怀着满腔爱意画成佛像那样的肖像画，确实是那天夜里音子的真心话。

景子最初来到音子身边的时候，曾经把音子母亲的肖像画当作是音子美丽的自画像。每当音子看到一直挂在墙上的母亲肖像，就会想起那个误会，而且对景子其时所说的话更加难以忘怀。母亲的肖像画成像自己一样年轻美丽的画像，是出于对母亲的爱和思慕，实际上也许是音子通过画像表达了她的自我爱慕，之所以被误看作是音子的自画像，不仅因为音子的面容和母亲相似，也许音子在描画母亲的同时也在描画着她自己。

毋庸置疑，就画家而言，无论静物画还是风景画，所有绘画作品其实都是画家自己的心灵画像，是画家天性的自画像，是画家的自我展现。对音子来说，创作母亲肖像画的时候，亲人间的亲情、甜蜜和悲伤统统随笔触而流动，最终变成了音子自身的形象。说到甜蜜，金童太子的画像也可以给人甜蜜的感觉，而日本古画中比金童太子图更加出色的佛像画或仕女画也为数不少，但音子脑海中却独独浮现出金童太子的形象，或许是因为它是一幅端丽的幼儿像，同时，也因为画像中还充溢着一种宗教的虔诚和美妙的缘故吧。并不信仰大师（弘法）的音子，也许从金童太子的画像中，看到了其中委婉寄寓的自我爱慕、自我憧憬之情吧，看到了美妙之中包蕴着难以名状的哀戚。

音子至今仍延续着对大木年雄的爱，对死去婴儿的爱，对母亲的爱，这种爱与她同他们在现实世界触手可及的时候毫无二致，这些爱，在不知不觉中渐渐转成了音子对自我的爱。当然，音子自己对此并没有察觉，也从来不曾怀疑过和自问过。音子与婴儿死别，与大木生离，又与母亲死别，他们如今全都活在音子的心里，然而真正活在音子内心深处的并不是他们，而是音子自己。音子心中大木占据的那块地方，时间之河或许并未停滞，只是音子与她心中的大木一起随时间而流逝，如此一来，对于自己与大木的爱情回忆便被染上了音子自身的色彩，事实上已经发生了变易。音子并不认为逝去的爱的记忆充满了妖魔鬼怪或饿鬼冤灵，加上她自十七岁被迫与大木别离，直到年逾四十始终没有再踏入恋爱结婚，独自守身到今天，音子珍惜那段伤感爱情的回忆并将其作为自己的情感依恃，这或许极为自然，同时这种依恃带上了自爱色彩也是十分自然的事情。

音子沉湎于女弟子景子这个同性姑娘的情感中，尽管一开始是景子主动缠上来的，但正是音子的自我爱慕、自我憧憬注定了这种结果吧。倘若不是这样，当景子向她央求"给我画张像吧……趁我还没有变成您所说的妖妇……拜托了老师，哪怕画裸体我也愿意！"的时候，音子无论如何也不可能想到将景子画成类似佛像画的风格、画成类似金童太子的风格、画成类似坐在莲花瓣上的"圣处女"的风格吧，音子不正是想通过将景子画成那样的少女，将自己净化得更加纯洁可爱吗？爱上大木的十六七岁的那个少女，始终还在音子心里，似乎一直不肯长大——但音子并没有意识到这些，她也从未这样动脑想过。

对自己的体味、特别是对汗味具有洁癖的音子今天早晨一醒来，便感觉浑身汗津津湿乎乎的，因为京都的夜晚闷热难耐，仿佛肌肤上的汗水几乎濡湿了睡衣。她本想马上起床，但不知怎么的却倚靠着枕头脸朝墙壁，对着昨晚已经看了好几遍的婴儿素描又凝视了好一会儿。仅仅八个月便早产死去的婴儿，在这个世上生存了极其短暂的一瞬，而音子想把她画成一个未曾降临人世、未曾闯入人世的夭胎，亦即精灵之子，用此来创作她的《婴儿升天》，所以，这个素描画稿很难把握，也很难最终定下来。

景子背对着音子，仍在熟睡。夏天用的麻布薄褥子被褪到了胸口以下，被头夹在腋窝下，因为是侧卧，所以没有粗野地叉开双腿，但脚脖子还是蹬出在褥子外面。景子平常多数时候穿和服，不常穿那种鞋跟高高的鞋子走路，所以脚趾一点也没有骨节突起之类，脚形纤细非常好看。但是音子却觉得景子那趾骨好像长出一截的脚趾非常异类，所以端详景子身体的时候总是习惯将目光避开景子的脚趾，但不看脚趾而将它握在手里的时候，会有一种不像长在同时代的人的身体上的不可思议的错觉，感觉很奇妙，仿佛一个人握着其他生物的脚趾似的。

景子身上的香水气味飘了过来。对一个年轻姑娘而言，这气味似乎过于浓烈了。音子当然知道，景子只是偶尔使用这种香水，她心头忽然泛起一片疑云：昨天景子为什么要用这种香水呢？

昨晚，景子后半夜才回来，音子并没有特别关注景子去哪里了，因为她当时正聚精会神地在凝视挂在墙上的婴儿素描画稿，注意力完全被画稿吸引了。

景子没有去浴室擦擦身子，便匆匆钻进被窝睡了。也许是音子比景子先睡着，所以她以为景子也睡着了。

音子起床后，先绕到景子那一侧，借着微弱的晨曦俯身看了看景子熟睡的面容，然后打开窗户。景子一向睡觉警醒，早上虽然比音子醒得晚，但一听到音子开窗的声音马上便会起床过来帮忙，可是今天景子却在床上半欠着身子，只是看着音子忙活。音子将窗户和防雨窗套全都打开，然后回过身来。

"对不起老师，我昨天夜里直到将近三点也没有睡着……"景子一边说一边起身，先从音子的褥子开始收拾。

"是太闷热了，所以睡不着？"

"呃……"

"噢，睡衣不用收了，马上要洗的。"

音子抱着睡衣，到浴室擦身子去了。景子随后也来到浴室的盥洗处，不过刷牙洗脸似乎匆匆忙忙的。

"景子，你也洗洗身子吧。"

"好的。"

"昨天香水气味都没洗掉就睡啦。"

"是吗？"

"还'是吗'，当然是啦！"音子对景子心不在焉的样子有些担心，"你昨晚去哪里了呀？"

"……"

"快洗吧。不洗不难受吗？"

"哎，我过会儿……"

"过一会儿？"音子望着景子。

音子从浴室出来时，景子拉开衣橱抽屉，正在挑选衣服。

"景子，你要出去？"音子厉声问道。

"是的。"

"和谁约好了见面吗？"

"是的。"

"谁……？"

"太一郎先生。"

音子一时糊涂了。

"大木先生家的太一郎先生。"景子毫不畏怯，一字一句地说道，只是把"公子"这个词省略了。

"……"音子说不出话来。

"太一郎先生昨天来京都，我去伊丹机场接他，我们约好今天由我带他游览京都，或者说是他带我游览京都吧……老师，我什么也不瞒您啊。今天先去二尊院，太一郎先生说想去山上的陵墓参拜。"

"陵墓……？山上的……？"音子问，但声音连自己也听不见。

"是的，据说是东山时代的公卿的墓。"

"噢？"

景子脱下睡衣，赤裸的后背对着音子，说：

"和服里面还是穿长衬裙吧？今天看来天气还是会很热，不过光穿一件贴身衬衣好像不太庄重吧。"

音子一声不吭地看着景子穿好和服。

"腰带束紧……"景子将手绕到背后，手上使着劲给腰带打结。

音子从镜子里看着化着淡妆的景子，景子似乎也看见了映在镜子里的音子，说了句："老师，您不要表情那么严肃呀……"

音子猛然回过神来，她本想放松一下绷紧的脸，不想却绷得更僵硬了。

景子对着折叠镜的边镜，用手指拢了拢垂耷在耳朵上的头发。耳朵形状长得很漂亮的景子结束了化妆，她站起身，随即又坐了下来，拿起一个香水瓶子。

"你身上不是还留着昨天的香水气味吗？"音子皱着眉头说。

"没关系。"

"景子，你好像心神不定啊。"

"……"

"景子，你为什么要和他见面？"

"太一郎先生跟我说要来京都，他把航班的时间都告诉我了。"

"……"

景子站起来，把刚才拿出来挑选的三件衣服中不穿的两件贴身衬衣匆匆叠了叠，放进抽屉。

"叠叠好再放进去呀。"音子说。

"噢。"

"重新叠一下！"

"好的。"答应是答应着，可景子根本没有回头朝衣橱看一眼。

"景子，你过来！"音子的声音变得非常严厉。

景子坐到音子面前，脸对脸看着音子。音子将视线移开，言不由衷地说出这么一句：

"你早饭也不吃就去吗？"

"昨天晚上吃得晚，所以早饭不吃了。"

"昨天晚上……？"

"是的。"

"景子，"音子严肃地说，"你和他见面，打算要干什么？"

"不知道。"

"是你想见他？"

"是的。"

"是你想去见他的是吧？"这从景子心神不定的样子中就可以猜到，但音子还是想亲自确认一下，"为什么？"

景子没有回答。

"不去见他不行吗？"音子将视线落在膝盖上，"我不想让你去和他见面，你不要去。"

"为什么？这和老师不是没什么关系吗？"

"有关系！"

"老师您根本不认识太一郎先生啊。"

"景子你去过江之岛旅馆，既然这样，居然还去和他见面！"

音子是在责怪景子和大木家的父亲同宿，而现在竟然又急急忙忙要去和大木家的儿子见面，只是"大木先生""太一郎先生"这两个名字从音子这儿说不出口。

"虽然大木先生是老师以前的恋人，但是太一郎先生老师您连见都没见过，他和老师没有任何关系，他只不过是大木先生的儿子呀，"景子说，"又不是您的孩子……"

景子的话深深刺痛了音子。音子不禁回想起十七岁时产下大木的孩子却不幸早产而死，接着大木的妻子又生下一个女儿等一连串事情。

"景子，"音子叫起来，"你是在勾引他！"

"是太一郎先生把航班时间告诉我的。"

"你们之间的私谊已经到了你要跑到伊丹机场去接他，还一起逛京都的地步了吗？"

"老师看您说的，什么私谊，真讨厌。"

"不叫私谊叫什么？什么关系……？"音子用手背擦去苍白的额头上的冷汗，"你呀，真是个让人害怕的人！"

景子的眼里射出妖媚的光："老师，我特别讨厌男人！"

"别去了，你不要去了。你要是去和他见面的话，就不要回来了！只要你跨出这个门，就别再回到我这个地方来！"

"老师！"景子的眼睛似乎湿润了。

"你对太一郎先生想做什么呢？"音子放在膝盖上的手在颤抖，此时终于从口中说出了"太一郎"这个名字。

景子霍地站起来说道："老师，我要走了！"

"你不要去！"

"老师，您打我吧，像去苔寺那天那样，再打我一次……"

"……"

"老师……"景子站在那里，然后一转身倏地闪出了门。

音子霎时间感到沁出一身的冷汗，她静静地凝视着庭院里在朝阳下闪着光的方竹。隔了半晌，她起身往浴室走去。大概是水龙头拧过了头，激出的水声把她吓了一跳，她慌忙关小水龙头，让水流放细，然后擦了擦身子。她稍稍冷静了一些，但脑海里似乎仍然有个疙瘩，于是她用湿毛巾敷了敷额头和后脖颈。

回到房间里，音子在看得见母亲肖像画和婴儿素描画稿的地方坐下来。一股自我厌恶感贯穿脊背。这股厌恶感似乎来自和景子的共同生活，并且扩展到她生存的方方面面，与其说让音子感到悲哀，毋宁说令她感到可耻。她一下子浑身无力。活着的目的是什么？自己为什么要活着？

音子想呼唤母亲。忽然间，她想起了中村彝①的《老母像》。《老母像》是这位画家生命行将到达终点时的作品，中村彝留下老母亲的形象才死去，故而《老母像》堪称画家的绝笔，基于这个理由，这幅画深深印刻在了音子心上。音子只在画集中看过这幅画，并未见过原作，因此较难确切地去理解原作，但是音子将自身的感情代入其中，来赏味这幅画的照片。

年轻时的中村彝描画恋人，笔触饱满有力，色彩偏重红色，被誉为颇具雷诺阿的画风。此外，他众所周知的名作《爱罗先珂肖像》则以冷静的笔触来表现盲诗人的高尚与哀愁，体现了作者的虔敬之心，色彩柔和而明丽。然而，其绝笔之作《老母像》的色彩却变得暗晦而冷峻，画法也很简省，瘦削而胸部扁瘪的老母亲侧坐在椅子上，背景是镶嵌着一多半木板的

---

① 中村彝（1887～1924）：活跃于日本明治末年至大正时期的画家，尊雷诺阿、伦勃朗等为师，擅长人物肖像，代表画作有《爱罗先珂肖像》《田中馆博士肖像》《老母像》等。

墙壁，老母亲面前的墙壁断续处有一把水壶，老母亲头部后面的墙壁上挂着寒暑表，寒暑表是原本就挂在那里的呢，还是画家作画时加上去的呢？音子当然无从知晓，但是这支寒暑表和从老母亲轻轻叠在膝盖上的手指上垂悬下来的佛珠一起，印刻在了音子的脑海里，也不由让人觉得，这似乎是画家预感到自己将先于母亲谢世而去时心魂俱静的写照。这就是《老母像》。

音子从壁橱里抽出中村彝的画集，将《老母像》与自己母亲的肖像画对照着赏阅。音子将母亲画得很年轻，不是老母亲的形象；母亲是先于自己去世的，所以这不是音子的绝笔；音子的母亲肖像画中没有死的影子。虽然西洋画和日本画不尽可比，但音子看着眼前照片版的《老母像》，仍深深感到自己画的母亲画像肤浅平庸，她闭上了眼睛，然后使劲挤了挤紧闭的双眼，继续紧闭着，脸上的血色似乎越来越差。

音子是满怀对母亲的亲情描画母亲容颜的。她只想将母亲画得既年轻又美丽，这似乎是音子的一种祈求。如果说中村彝的《老母像》中也有即将离世的画家的祈求的话，那么音子的祈求与之相比起来是何等肤浅啊，音子的人生又何尝不是如此呢？

音子的画不是照着母亲写生画成的，而是母亲死后，依照母亲的照片画的，当然画得比照片更年轻更美丽。音子一边描画着母亲，一边还照着镜子将酷似母亲的自己的面容也糅合到画里去，画得美丽可爱也是理所当然的了。但尽管如此，母亲的肖像画中并没有寄寓什么深刻的灵魂。

说到照片，音子想起来，母亲搬来京都后就一直没有照过照片。当杂志上需要刊登音子的彩页照片时，从东京赶来的杂志社摄影师提出，希望有一张音子和母亲在一起的照片，母亲却慌忙躲闪开了。现在回过头来再看音子才意识到，这也许是母亲内心哀戚的一种表现吧。母亲好像觉得见不得人似的带着女儿搬来京都居住后，和东京的亲友几乎全断绝了联系，音子虽说也并非没有无脸见人的想法，但搬来京都时毕竟只有十七岁，所以不像母亲那样孤独和厌离，虽然她与大木的爱情令她深受伤害，但她仍一直保存着这份爱，这一点也和母亲截然不同。

母亲的画像必须重新画！音子这么想着，忽而凝视母亲的肖像，忽而又仔细端详中村彝的《老母像》。

景子不顾一切去和太一郎见面，这令音子感到，景子也许会离开自己，这让她难以抑制心里的忐忑不安。

今天早上景子没有像往常那样习惯性地说出"复仇"这个字眼。"讨厌男人"是说过的，不过那话是当真不得的，景子以"昨天晚上吃得晚"这个牵强附会的理由，顾不上吃早饭便匆忙出门，由此来看，景子已经把"讨厌男人"那句话出卖掉了。景子想对大木的儿子干什么呢？两个人会怎么样呢？这二十四年来，一直困桎于对大木的爱而艰难挺过来的音子，现在又该怎么办呢？音子感到坐立不安。

没能阻止景子去和太一郎见面的音子寻思道，假如现在出去追景子，自己也去面见太一郎，这样做或许能防止某种危险发生吧？可是，两个人在哪里见面呢？太一郎住在哪里呢？这些音子都没听景子说过。

湖　　水

　　景子来到木屋町的"邪屋"茶屋时，太一郎已经换好外出的西服，站在屋外的平台上了。

　　"早啊！昨天晚上休息得好吗？"景子走近太一郎，身子倚靠在平台的栏杆上，"已经在等着我了呢。"

　　"我早就醒了，听到屋外面河的流水声，有点兴奋，就干脆起来了。"太一郎说，"我看到东山的日出了。"

　　"那么早……？"

　　"是啊。只是，山离得太近，日出看上去不像平常看到的日出了。随着太阳升起来，东山上的绿色变得鲜明起来，鸭川的流水在朝阳下闪闪发光……"

　　"您一直在看这个吗？"

　　"还看对岸街上的人起来活动，那个很有意思呢。"

　　"您没休息好吧？这个住处是不是有点吵呀？"接着景子又低声咕哝道："假如您没休息好是因为我的缘故，我会很高兴……"

"……"

"您不想说是因为我？"

"是因为景子小姐。"

"您好像是被我催逼得没办法了才说的哦。"

"不过，景子小姐似乎睡得很好吧。"太一郎看着景子的眼睛说道。

景子摇了摇头："不，睡得不好。"

"可你的眼睛看上去像是睡得不错呀，眼睛像明灯一样闪闪发光……"

"那是因为我心里点亮了一盏灯——是因为太一郎先生，即使一夜两夜不睡，眼睛也是快乐的。"

景子用温柔而湿润、烁烁发光的眼神凝视着太一郎，太一郎抓起了景子的手。

"您的手好凉。"景子喃喃道。

"你的手好暖和啊。"太一郎说着，像要一根一根攥紧景子的手指似的逐一接弄着它们，景子手指的柔软感直达他心头，景子的手指纤细得让人不敢相信是人手，此刻在太一郎的手心里像要被融化似的。这般纤细岂不是一咬就断吗？太一郎差点想把景子的手指放入口中咬咬试试。少女的纤柔也从这手指上传达过来。而景子的侧脸上那对漂亮的耳朵和纤细的脖颈，就在太一郎眼前。

"你就是用这样细的手指画画的啊。"太一郎将景子的手举到嘴边，景子看着自己的手指，眼圈湿了。

"景子小姐，你难过了？"

"我是高兴，高兴得让人难过……今天，太一郎先生无论抚摸我哪里，我都会高兴得流泪的。"

"……"

"我感觉我身上有什么快要结束了。"

"什么……？"

"您居然这样问，真坏！"

"应该不是结束，是开始。什么事情的结束，不就是什么事情的开始吗？"

"可结束就是结束，开始就是开始……这是不一样的。一个女人这样想，说明她要重生变成另外一个女人了。"

太一郎想把景子拥在怀里，揉弄着景子手指的手上卸了劲儿。景子温柔地倚靠在太一郎身上，太一郎抓住平台的栏杆。

下面的河边传来狗的吠声。一位像是附近店铺里的中年妇女牵着一只矮小的狸犬，遇上一条高大的秋田犬，狸犬拼命狂吠起来，而那条秋田犬则对它根本不理睬。牵着秋田犬的年轻男子看样子像是哪家小餐馆的厨师。中年妇女蹲下身子抱起狸犬，狸犬在她怀里不停挣扎，还继续狂吠着，中年妇女转过身来，背对秋田犬，于是狸犬就好像朝着太一郎和景子狂吠。中年妇女一边按住狸犬的头，一边仰头向平台和蔼地笑了笑。

"真讨厌，一大早的狗就朝我狂叫，今天真倒霉。我最讨厌狗了。"景子说着躲到了太一郎身后。狗不叫了，景子仍躲在太一郎身后，将手轻轻搭在他肩上。

"太一郎先生，和我见面您高兴吗？"

“高兴啊。”

“像我这么高兴吗……？大概您不高兴的程度，跟我高兴的程度差不多吧？”

“……”

如此富有女人味的话从景子口中说出来，太一郎实在没有想到。一股年轻姑娘的气息随着景子的话语，轻轻拂到太一郎的后脖颈，景子的胸脯几乎快要贴到太一郎的后背了。虽然没有紧紧贴住，但是前胸与后背之间毫无间隙，一股温柔的暖流传了过来。景子已经是属于自己的了——这种感觉在太一郎心里慢慢漾开来。太一郎觉得，景子不再是一个异常和神秘难懂的姑娘了。

“您大概不知道我有多想和您见面吧。我想，假如我不到北镰仓去，我们就不可能见面，”景子说道，“现在我们居然能这样见面，真有点不可思议呀。”

“是不可思议。”

“我说的不可思议，是每天每天都在想着太一郎先生，所以虽然这么久才见面，却感觉好像一直在和您见面一样，这真有点不可思议。太一郎先生已经把我忘记了吧，这次来京都，才忽然想起我来的对吧？”

“景子小姐这样说才不可思议呢。”

“是吗？您会偶尔想起我来吗？”

“想起景子小姐来，对我而言还真有一点点痛苦呢。”

“啊唷！为什么……？”

“因为一想到景子小姐，就会想到你老师对吧？这就会让我想起母亲年轻时受的痛苦，那时我还不懂事，不知道怎么回事，但是我父亲的小说里写得很详细。那里面还写到母亲抱着当时还是婴儿的我时常徘徊在黑漆漆的夜晚的街道上，有时候吃着饭也会埋头痛哭，端在手里的饭碗掉到地上，有时候母亲抱着我走出家门，我一路哭个不停，大概是被母亲抱得不舒服，哭声一直传到很远，可是母亲却一点儿也没听见。听说母亲的耳朵听不见了，牙根也松动了，母亲当时才二十三四岁啊！可是……"说到这儿，太一郎显得有些吞吞吐吐，"可是，父亲写上野老师的小说至今还很畅销。说起来太讽刺了，那部小说多年来拿的版税，不仅支撑了我们一家人的日常生活，还贴补了我的上学开销，还贴补了我妹妹结婚的开销呢。"

"那不是很好吗？"

"现在还耿耿于怀已经没什么意思了，不过想想也真是可笑，父亲把我母亲写得像一个为嫉妒而疯狂的令人憎恶的女人，但那部小说对我这个做儿子的来说，再讨厌不过了！这还不算，还出了文库本，直到现在，每次加印，出版社都会寄来作者检讫盖章用的标签纸，盖上五千、一万个私章，每次都是我母亲盖的，为了那部把自己描写成一个令人憎恶的人的小说加印，现在已是人到中年的母亲，还要一副笑脸啪啪啪地给它盖章……"

"……"

"不过，对母亲来说，大概那场风波算是过去，家庭也终于归于平静了吧……作为那部小说作者的妻子，本来会受世人鄙视的母亲，实际上似乎还反而很受别人的尊重，这真是滑天下之大稽。"

"因为她是大木先生的太太呀。"

"可是，你的老师不是现在也仍然活在这部小说里吗？连结婚都不结……"

"是啊。"

"不知道我父亲母亲对此怎么想的，他们好像已经把上野音子这个人彻底忘掉了。有时候，想想那部小说的版税我也分享了，心里真不怎么好受，让一个十六七岁的少女牺牲她的一生……景子小姐也说过，想替上野老师而向我复仇……"

"好了，别说了，我的复仇已经结束了。"景子将脸贴在太一郎的脖颈上，"我就是我呀。"

太一郎回转身，抱住了景子的肩头。

景子低声嗫嚅道："上野老师对我说，不要回去了。"

"为什么……？"

"因为我对她说，我要去和太一郎先生见面。"

"你对她说了？"

"说了呀。"

"……"

"老师说，你不要去。她还和我说，你要是去的话，就不要再回来了……"

太一郎将手从景子的肩头松开。他忽然注意到，对岸的沿河道路上来往的车辆多了起来，东山的色彩也发生了变化，片片绿色呈现出浓淡分明的层次感。

"我不该说是吗？"景子窥察着太一郎绷紧的脸问道。

"不。"太一郎停顿了片刻继续说道，"我总有种感觉，不知我会不会做出替我母亲向上野老师复仇的事情？"太一郎说着，从屋外平台回到房间。

"替您母亲复仇……？真是做梦也想不到啊，您说得太让人费解了。"景子跟在太一郎后面走了进来。

"可以出门了。哦，景子小姐还是回去的好。"

"哎哟，这话真过分！"

"这次不是父亲，倒是我来扰乱上野老师的生活了。"

"我昨天晚上说了些复仇之类的话，都是我的错，请您原谅！"

太一郎在茶屋前拦了一辆出租车，景子也乘了上去，太一郎似乎觉得理所当然似的，并没有婉拒的意思，可是车子驶过市街一直来到嵯峨野二尊院，好长一阵子他什么话也没有说。

"把车窗开到底好吗？"景子只说了这么一句，一路上也默不作声。她将手搁在太一郎的膝盖上，捻动食指不停摩挲着，她的手虽然没有出汗，但润润的，很是滑腻。

二尊院的山门，据说是当时的豪门贵族角仓氏于庆长七八年从伏见桃山城移至此处的，因而很有一股城门的巍峨宏壮气势。

"看这阳光，今天一天恐怕又会很热呢。"景子说，"我是第一次进二尊院……"

"我稍稍查阅了一下定家的事迹……"太一郎走在山门外的石阶上，回头看了看景子脚下，景子的和服下摆在轻轻扭动。"定家在小仓山的山脚下住过这是确定无疑的，但是当年那座被称作'时雨亭'山庄的遗址却一共有三处，看来也弄不清楚到底哪一处才是真的，这个二尊院的后山有一个，邻近的常寂光寺有一个，还有一个在厌离庵……"

"厌离庵老师曾经带我去过。"

"是吗？那个尼姑庵里还有定家编写《小仓百人一首》时用来研墨的水井吧。"

"这个记不清了。"

"那可是口很有名的水井哦，名字叫'柳水'。"

"定家真的用过那口水井里的水研墨吗？"

"因为定家被世人奉为歌神，所以创造出很多关于他的传说，特别是在室町时代，他不光是和歌之神，还是文学之神呢。"

"定家的墓也在二尊院的山里吗？"

"不，定家的墓在相国寺。另外在厌离庵，还有一座传说是定家的荼毗冢①的小塔……"

"……"

太一郎发现，景子对藤原定家的事迹几乎一无所知。

刚才出租车驶过广泽池，看见倒映在水中的对岸美丽的松山后，嵯峨野所蕴藏的上千年历史和文学便仿佛生动的景物一样，在太一郎心间复苏了。从岸边还看见了小仓山，小仓山在岚山面前显得迤平而矮小。

山野的景物激发了太一郎胸中的古典文学情思，加之景子在身边，愈加兴致勃发，他不禁由衷地感觉到：这才是真正来到了京都。

可是，景子今天早上和音子争吵后夺门而出，这姑娘激亢

---

① 荼毗冢：荼毗即火化、火葬，源自佛教用语，巴利语的原意为烧身。

的情绪是不是也在这令人兴奋的风景中得到了舒缓呢？太一郎意识到这点，于是看了一眼景子。

"讨厌，不要用那么奇怪的眼神看我……"景子像是感觉有点炫眼，她抬起手，太一郎轻轻抓住了她的手。

"是奇怪呀，我竟然和景子小姐一起走在这地方……这是哪儿啊？"

"这是哪儿呢？这个人是谁呢？"景子攥住太一郎的手，踮起脚尖比画着说道，"我不认识啊。"

走进山门，宽阔的参拜道上投落着浓密的松树树影。道路两旁并排种植着参天红松，松树之间还有枫树。松树枝叶的影子静静地躺在地上，也在向前行走的景子白色和服和脸颊上调皮地晃动。枫树的枝丫低垂下来，几乎要触到头顶。

沿着这条路走到尽头，又变成了石阶，抬头看见石阶上面墙顶带有瓦檐的风火墙，同时听到了滴水声。二人登上石阶，沿着风火墙向左拐去，水就是从墙顶部滴落下来的。墙上看似很随意地开了一个门洞。

"一个人也没有啊。"景子站在石阶上面的门洞口说道。

"这寺院尽管很有名，但是来这儿的人却很少，真不可思议。"太一郎也停住了脚步。

小仓山在眼前绵延。铜屋顶的正殿安静肃穆。

"左面那棵树很漂亮吧？那是细叶冬青树，是棵古树，据说是西山的名树哪。"太一郎朝那棵树走过去。冬青古树老干粗大，虬枝盘曲，筋节突出，青叶繁茂，满树枝丫短而劲健。

"我喜欢这棵古树，所以记忆非常深刻，不过已经多少年没像这样靠得这么近看它了。"

太一郎只说到了冬青树，而对于悬挂在正殿的"小仓山"和"二尊院"两块御题匾额，以及二尊院这个寺名的来源等，却没有做任何讲解。

折回到弁天堂的右首，太一郎抬头望着高高的石阶，问景子：

"景子小姐，能上去吗，穿着和服……？"

"上不去啊。"

"……"

"您拉着我的手，要不您背我上去吧。"

"慢慢上吧。"

"啊，在这上面吗？"

"是啊，登上石阶就是实隆的墓了。"

"太一郎先生是为了看那个墓才来京都的，不是来和我见面的呢。"

"没错，完全正确。"太一郎握了握景子的手又松开了，"我自己上去，你就在下面等我吧。"

"我能上去的，这几级石阶算得了什么，您尽管放心……就是登上小仓山顶，累得回不去也没关系！"说罢，景子拉起太一郎的手，开始向上登石阶。

少有人上下的石阶，从一级一级古旧石阶的缝隙里长出了青草和蕨类，脚边还开着黄色的小花。二人登到旁边矗立有一排墓碑的地方，景子问道：

"是这里吧？"

"不，还要上面呢。"太一郎回答，随后侧进旁边的墓碑中间，说道："这三座石塔都很美吧？它们也被称为'三帝陵'，以卓越的石刻艺术而闻名，最前面的宝箧印塔和中间的五重石塔的造型都很优美对不对？"

景子也点头观看着。

"光阴的沉淀都留在了石头上……"

"这是镰仓时代的吗？"

"对，是镰仓时代的。那边那座十层的石塔像是南北朝时期的，据说那个原来是十三层的，后来上面三层没了。"

石塔的典雅、优美和它所具有的庄严崇高，对于拥有绘画鉴赏力的景子来说，自然能够心领神会，景子似乎已经忘记了两个人仍手拉着手哩。

"这一带还有二条、鹰司、三条等好多公卿的墓地，角仓了以，还有伊藤仁斋的墓也在这儿，不过像这样有名的石塔只有三帝陵。"太一郎说。

从这里再往上，登到石阶尽头，有一座叫作开山庙的小佛堂，堂内只矗立着一座石碑，上面刻着使二尊院重新勃兴的湛空上人的事迹，别无他物，这样的格局倒是很少见。

但是太一郎没有上前去游览这座佛堂，而是朝佛堂右首矗立的那一排碑群走了过去。"就是这里！这就是三条家的墓地，最右面是实隆，你看，上面刻着'前内大臣实隆公'对吧？"

景子上前去看，只见一座高不及膝的简陋的墓地，旁边立着一块刻有实隆名字的石头。相邻的墓前也立着细长的石头，刻着"前右大臣公条公"，再往左一座墓前则是"前内大臣实枝公"。

"身为右大臣或者内大臣的这些人，墓地竟然这样简陋？"

景子问。

"就是啊。简简单单的墓，是我喜欢的。"

假如石头上没有刻着名字和官位，那么这些墓和仇野念佛寺里那些林立的无缘佛乱墓有什么两样？墓碑上青苔丛丛，破败不堪，被泥土掩蔽，被光阴湮没，连墓碑的形状都已不再具有，仅仅只是些乱石而已。墓碑默默无声。正因为默默无声，太一郎似乎偏要从中倾听远古的微弱声音似的，他蹲下身来，凑近墓碑。景子的手被太一郎握在手里，因此她也随之蹲了下来。

"这些墓对人很亲切呢。"太一郎好像要努力激发景子的兴趣似的说道，"我正在收集和研究这位实隆的生平，实隆很高寿，活了八十三岁，从二十岁到八十一岁，一直坚持记日记，这些日记都是研究东山文化非常有价值的史料啊。此外，他的那些个姻亲公卿的日记，还有连歌师的日记，也都多次出现实隆的名字。在实隆那个时代，也就是说在乱世中，也并不缺少文化的传统和复兴，这些，一旦研究起来你就会被它深深吸引的。"

"因为您在研究它，所以您会觉得它对人很亲切吧？"

"应该是这样的吧。"

"您研究它有几年了？"

"三年，哦不，有四五年了吧。"

"从这个墓中，太一郎先生是不是被激起了灵感？"

"灵感？哦，灵感……？"太一郎像是在自问。景子猛地低俯下身子，胸脯压在太一郎的膝盖上，太一郎身体晃了一下，景子就势两手勾住了太一郎的脖颈。

"在太一郎先生极为看重的墓前……对吧？"

"……"

"让这墓成为对我也很亲切的墓吧……值得永久回忆的墓……这座墓在呼唤着太一郎先生的心呢，这不是墓。"

"这不是墓吗？"太一郎心不在焉地重复着景子说过的话，"墓历经数百年后就不再是墓了……"

"您说什么？我听不见。"

"的确，就算是石头的墓，也有它墓地寿命完结的时候啊。"

"我听不见。"

"耳朵离得太近了……"太一郎将嘴唇凑近眼前的耳朵。

"不要，不要，痒死了！"景子摇着头喊道。

"……"

"您喘气都吹到我耳朵里了，痒死了，您真坏。"景子将眼珠转到眼角边，乜斜着望着太一郎的脸，她的脸斜倚在太一郎胸口上。

"往女人的耳朵里吹气，真讨厌。"

"我没有吹气啊。"

太一郎辗然一笑。他似乎这时才意识到，自己的手正托着景子的后背。胳膊上抱着的是景子，这种感觉强烈起来，压在膝盖上的景子身子也变得越来越沉，但同时，又是那样的轻盈、柔软。

景子是突然间俯下身子将胸脯压在太一郎膝盖上的，因而使得太一郎的姿势十分别扭，为了避免仰面跌倒，他只好一会儿脚尖上使劲，一会儿又反过来脚后跟使劲，而且是不知不觉的下意识动作。

景子双手勾着太一郎的脖颈，衣袖很自然地褪到了胳膊肘处，滑润的肌肤紧紧贴着太一郎的脖颈，一阵凉凉的感觉，让太一郎终于回过神来了。

　　"吹到美女的耳朵里了是吧。"太一郎寻思自己喘气粗重，于是让呼吸平静下来后说道。

　　"我的耳朵最怕痒了。"景子喃喃地说。

　　景子的耳朵吸引着太一郎，他用手指尖捏住景子的耳朵。景子闭着眼睛，头也不躲避，于是太一郎将耳朵捏在手里摆弄起来。

　　"真像一朵珍奇的花儿。"

　　"是吗？"

　　"你听见什么了吗？"

　　"听见了，是……"

　　"是什么？"

　　"那是什么呢？蜜蜂停落在花上的声音吧……不是蜜蜂，也许是蝴蝶。"

　　"因为是轻轻抚摸的关系。"

　　"您喜欢摸女人的耳朵？"

　　"啊？"太一郎停住了手。

　　"喜欢是吗？"景子用一贯的温柔声音轻声问道。

　　"因为我从来没有见过这么漂亮的耳朵呀……"太一郎勉强挤出这么一句。

　　"我喜欢给人掏耳朵，是不是很古怪？"景子说，"因为喜欢掏，所以掏得可好啦，等一下给您掏吧？"

"……"

"一丝儿风都没有啊。"

"整个世界没有风，只有阳光。"

"是的，在这样一个日子，一大早的您就在古墓前拥抱我，真叫人难忘啊！古墓竟然能让人留下如此难忘的记忆，真不可思议呀。"

"墓地本来就是为了给人留下记忆才建造的嘛。"

"太一郎先生的记忆想必很短暂，很快就会烟消云散的吧。"说罢，景子随后用一只胳膊支在太一郎的膝盖上，准备站起来，"好难受。"

"为什么你觉得我的记忆会很快消失？"

"这个样子叫人真难受。"景子说着就要站起来，太一郎一把抱住了她，随即将嘴唇轻轻贴上去。

"不！不，不，亲嘴可不行！"

景子声音尖利的拒绝把太一郎吓了一跳。可接下来，景子大概是为了躲藏起嘴唇，她将嘴唇紧紧贴在太一郎的胸前。太一郎抚摸着景子的头发，当手触到景子的额头时，便打算将她的头从自己胸前挪开，景子甩着头叫道：

"好痛！您这样用力地捂住我的眼睛，眼睛都冒金星了！"景子说道，但她的头却没有拗过太一郎的手。

景子眼睛紧闭，一动不动了。

"捂着哪只眼睛了？"

"右眼。"

"还痛吗？"

"痛啊！眼泪没出来吧……？"

太一郎看了看景子的右眼，眼皮上并没有红红的指痕。太一郎顺势低下头，将嘴唇吻在景子的右眼皮上。

"啊！"景子小声叫起来，但没有反抗。

太一郎的嘴唇感觉到了景子那长长的睫毛。

太一郎像是触到一样可怕的东西似的，赶紧松开了嘴唇。

"眼睛可以吧？嘴唇你刚才说不行来着……"

"哎呀，您真坏！我不知道。干吗说这么讨厌的话。"景子用头顶了下太一郎的胸部，借着反弹的劲儿顺势站了起来，白色手袋落到了地上。太一郎替她拾起手袋，说道：

"这手提包好大呀。"

"是的，里面装了游泳衣呢。"

"游泳衣……？"

"不是约好了去琵琶湖的吗？"

"……"

"右边的眼睛有点发花，看不清楚东西了。"

景子接过太一郎递来的手袋，从里面取出小镜子，边照眼睛边说："还好眼皮没红。"

她用手指轻轻地揉着眼皮。发现太一郎正目不转睛地看着自己，不由倏地红了脸，低下妩媚而羞涩的眼睛。她用手指轻轻点了一下太一郎的衬衣，上面印有一点景子淡淡的口红。

"怎么办？"太一郎抓住景子的手说道。

"您说怎么办？弄不掉呀。"

"哦不，这个嘛把外套纽扣扣上就遮起来了，我是问接下来怎么办。"

"接下来……？"景子美丽的脖颈一歪，"不知道，我已经完全没想法啦。"

"下午去琵琶湖可以吧？"

"现在是几点？"

"差十五分十点。"

"才这么早……？看树叶像是中午了……"景子环顾了一下四下的树木，"岚山就在前面不远是吧。夏天岚山那边人山人海的，为什么这里就谁也不来呢？"

"即使来二尊院，恐怕也没什么人一直登石阶上到这里来吧。"

对于这种明知故问的发问，太一郎心生嫌隙，他用手帕擦了擦汗津津的脸说道：

"一块儿去看看时雨亭遗迹好吗？据说它的遗址一共有三处，我不想查究哪一个是真的，连这二尊院的那处我也没有去过。我以前上来过两三次也只是到这里为止，看过那个指引牌……"

指引时雨亭遗迹游览路线的木牌子在后面的山脚下。

"还要往上登吗？"景子仰头望了望山，"没关系，就是上到山顶我也敢上。不好走的话，就光脚走。"

往上登简直像从树林中拨开一条小路似的。景子一边走一边衣服下摆与树枝摩擦发出嚓嚓的声响，太一郎回过头来，拉住了景子的手。

很快，小路一分为二。

"应该往哪边走？好像是左边吧。"太一郎说。但是，这条向左的小路与其说是沿着山腰走，更像是在悬崖上走，这样说更加贴切。太一郎迟疑了。

"这路好险。"

"好可怕。"景子两手抓住太一郎的右手。

"我穿着草履 ① 容易打滑掉下去，嗳，还是走右边吧。"

"右边……？也不知道时雨亭是在右边还是左边……右边好像是往山顶方向去的。"

这是条掩蔽在树丛中的小路。太一郎被景子柔软的手拉着向前行走。景子忽然停下脚步，说道：

"您让我穿着和服在这样的树丛中走路？"

二人被遮蔽在低矮的树丛中，前方耸立着三棵高大的松树。透过松树的间隙，可以看见北山，以及北山脚下的灰暗市街一隅。

"那是哪儿？"太一郎刚要举手指向那里，景子靠了过来："不知道啊。"

太一郎打了个晃，见景子缓缓地弯腰坐下，便也随着在她身边坐了下来，顺手将景子抱在怀里。景子用右手整理了一下又开的和服下摆。

太一郎将嘴唇贴在景子的眼皮上，景子闭上了眼睛，太一郎又将嘴唇从她眼睛移到她的嘴唇上，这次景子没有躲闪，不

---

① 草履：日本女性穿和服时与之搭配的配件，样式与木屐酷似，不同的是木屐是木制的，而草履则是用人造皮革制成的。

过双唇紧闭不肯张启。

太一郎抚摸着景子的细嫩的脖颈，摸着摸着想将手伸进景子的衣领里。

"不，不要！"景子两手将太一郎的手按住。被按住的太一郎的手仍顺着丝滑的和服由上而下摸去，摸到胸部挺起的地方，手掌心满满地握了上去。景子将太一郎的手从右胸移到左胸，与此同时，景子眼睛忽地半睁开来，细长地眯缝着看着太一郎说：

"右边不行，不可以。"

"哦？"太一郎不明所以，握在景子左胸上的手随即松开了。

景子眯缝着眼睛说道："右边，会让我感到悲伤。"

"感到悲伤……？"

"是的。"

"怎么会……？"

"我也不知道为什么，大概是因为右边没有心脏的缘故吧。"说罢，景子略带羞涩地闭上眼睛，将左胸朝太一郎胸口靠近过来。

"女孩子，身上难免会有些个缺陷之处，但即使是缺陷之处，假如有朝一日从自己身上消失的话，还是会让人感觉悲伤的呀。"

"……"

在江之岛的旅馆里，景子极力躲闪不让太一郎的父亲抚摸自己左侧乳房的事情，太一郎自然是做梦也不会想到的；和那次正好相反，对儿子太一郎景子则是允许他抚摸左侧乳房但不让抚摸右侧乳房，个中的原委太一郎当然无从知晓。听到景子口口声声说女孩子身上难免有缺陷之处，太一郎不禁感觉她有些可怜。

但是，在太一郎听来，景子刚才说的这番话却也是她的胸脯曾经被其他男人摸过的明显证据，而这又反而刺激了太一郎，他张开手，稍稍使了点劲儿抓住景子的头发，然后对准她的双唇吻了下去。景子的额头和脖颈微微冒出了汗。

二人从角仓家的墓地经过，走下山来，去了祗王寺，然后从那儿折回，往岚山方向缓缓走去。

中午在"吉兆"用了午餐。

"让您久等了，您预订的车到了。"餐馆女服务员过来提醒道。

"啊？"太一郎差一点惊讶得出声，他愣愣地看着景子，恍然大悟：刚才以为景子去了趟洗手间，谁料她就在那时不光结了账，还预订好了出租车。

车子驶近市中心二条城一带的时候，景子忽然说道：

"这么快就能去，真是没想到啊。"

"你说的是什么地方……？"

"哦，没有，我脑子大概开小差了……我们不是说定了去琵琶湖的吗？"

"……"

车子朝着东寺的高塔而去，在七条看到右首的京都车站，过了车站，从东寺前面驶过。走的是往南迂回的路线。有好长一段，道路的下方就是鸭川，不过看上去俨如荒滩，一点儿也不像都内的鸭川那样。司机指着道路前方的山介绍说："那个，据说叫牛尾山，牛尾巴的'尾'字。"

从山左穿过牛尾山，驶进东山南麓。

左首一汪湖水，从车上俯瞰，湖面广袤。

"是琵琶湖！"再明显不过的事情，景子却欢呼雀跃般地叫起出声来，"到底还是结伴儿来琵琶湖啦，终于……呀！"

太一郎并没有太理会景子的感慨，他注意到湖面上有许多帆船、汽艇以及游览船。

车子驶进大津的老市街，在琵琶湖观景台附近向左拐，经过赛艇场，再穿过一个小镇滨大津，来到琵琶湖酒店前的林荫大道，林荫道两旁停满了私家汽车。

太一郎不由得又是一惊：上车的时候和在车上这一路上，景子都没有对司机讲过行车目的地，由此来看，在"吉兆"预订车子的时候景子就已经明确告知了目的地是琵琶湖酒店。

酒店服务生快步上前来迎接二人，并礼貌地为他们推开门，事既至此，太一郎也只好进入酒店。

景子没有在意太一郎的脸色，她径直走向酒店前台，麻麻溜溜地说道："是从岚山的'吉兆'预订的，姓大木……"

"欢迎光临！幸承您二位的预订，"前台负责客房预订的工作人员笑脸相迎，"是住一晚是吧？"

景子没有点头，也未再作声，她静静地向后退了一步，让太一郎在客房登记表上签下自己的名字。太一郎根本没有工夫考虑要不要使用假名，加上景子已经说出"姓大木……"便只好签了真名，并填写了北镰仓的真实地址，然后在自己名字下方只写了"景子"的名字而没有写姓。写下"景子"·这个名字，多少让太一郎的呼吸平缓了些。

一名服务生手里拿着客房钥匙，站在电梯旁，等候二人乘坐电梯。其实是根本不用乘坐电梯的，房间就在二楼。

"这房间真不错……"景子赞道。

房间是两室相连的套间，靠里一间是卧室，外面的一间则一面可以饱览湖景，一面可以远眺与京都为界的群山。酒店建筑是桃山时代的歇山顶样式，为了与这一风格相配，酒店客房窗外围了一圈红色的围栏，墙壁和窗户下面的护墙板、玻璃窗的厚重边框以及格棂也都古色古香，显得幽沉稳重。窗户更是大大的观景窗，几乎像整面墙那么宽大。

俄顷，女服务员端来了热腾腾的日本茶，随后便离去。

景子站在面对湖水的窗前，两手抓着镶有白色蕾丝花边的窗帘一端，完全忘记了身后的太一郎。

太一郎坐在长椅正中，望着出神欣赏湖景的景子的背影。景子穿的不是昨天那身和服，只是腰带还和昨天到伊丹机场迎接他时的一样，是虹彩图案。

景子背影的左侧是湖水。湖面上有许多帆船，船帆全都朝着同一个方向，船帆大多是白色的，也有红色或蓝色或紫色的。汽艇激起一片片水雾，拖着长长的尾巴，各各逞兴，在水面上疾驰。

汽艇的马达声、酒店泳池里的人声、庭院里割草机的轰鸣声等等，透过玻璃窗传进房间。房间里还有空调机吹出的凉风声。

太一郎耐心地等着景子转过身来。

"景子小姐，喝茶吗？"他终于等得不耐烦了，自己抬手拿起了桌子上的茶杯。

景子摇着头说：

"您为什么什么也不肯说？为什么一直不作声啊？真无情，太无情了！"她摇晃着窗帘，自己的身子似乎也跟着踉跄了一下。"您不觉得这景色很美吗？"

"是很美啊，可是，我觉得景子小姐的背影更美，景子小姐的后脖颈，景子小姐的腰带……"

"在二尊院的后山上，什么东西压在太一郎先生的膝盖上，您还记不记得？"

"你问我记不记得……？刚才的事……？"

"不过，您一定在生我的气吧？一定很惊讶吧？一定没想到是不是？我知道肯定是的。"

"要说惊讶确实有点惊讶。"

"我自己也感到惊讶呢。女人全身心去做一件事的话，是很可怕的。"景子放低了声音说道，"因为可怕，所以就不敢到我旁边来了是吧？"

太一郎站起身走了过去，将手轻轻搭在景子的肩上。似乎受到那只手的驱遣，景子顺从地来到长椅前，与太一郎并肩坐了下来。她低垂着头，没有看太一郎。

"给我喝茶。"她轻声说。太一郎拿起茶杯，端到景子面前。

"用嘴……"

太一郎稍稍犹豫了一下，但还是将热茶含在嘴里，从景子的双唇之间一点一点喂灌进去。景子闭着眼睛，仰面而坐，她只用唇吸，用喉咙吞咽，手脚和身体其他部位一动不动。

"还要……"景子一动不动地说。太一郎又含了口茶水送入景子嘴里。

"啊，真好喝！"景子睁开眼睛，"现在就是死也心甘了。要是这茶水是毒药就好了……啊唷，不行了，我已经不行了，太一郎先生也不行了，不行了呀。"

然后景子又说道："转过身去。"说着，把太一郎的肩膀转了半圈，将脸贴在他的肩胛窝后面，与此同时，景子的手温柔地环抱着太一郎，并且摸索着去抓太一郎的手。太一郎拿起景子的一只手，从小手指开始一根一根摩挲着，出神地欣赏着。

"哎呀对不起，瞧我神不守舍的，差点忘了……"景子说，"您去洗个澡吧。要我去给您放水吗？"

"好啊。"

"哪怕冲淋器冲一下也会舒服很多呢……"

"我身上有汗味？"

"我喜欢啊，这么讨人喜欢的气味，我有生以来头一次闻到呢。"

"……"

"不过，还是想把汗味洗洗干净对吧？"

景子站起来，走进卧室。太一郎听见浴室里传出往浴缸里放水的声音。

就在太一郎眺望着游览船向酒店岸边靠岸的当口儿，景子调好洗澡水，回到外面的房间来了。

太一郎用肥皂仔细洗着在嵯峨野出了一身汗的身体。

出乎意料的是，浴室忽然响起敲门声，难道说是景子要进来？太一郎不由得蜷缩起身子。

"太一郎先生，电话！有您的电话，要出来接一下吗……？"

"电话？我的？不可能啊！从哪里打来的……？一定是打错了。"

"电话！"景子简短地呼叫着。

"奇怪呀，没有人知道我在这里啊。"

"不过，太一郎先生……"

太一郎不等彻底擦干身体，裹着浴巾就走出了浴室，"有我的电话……？"一副诧讶的样子。他看见两张床的床头中间有电话机座，正要走过去。

"在这边的房间里。"景子叫道。

电话话筒已经被接起，放在了电视机旁的小桌上。太一郎拿起听筒举到耳朵边时，景子在一旁说："是北镰仓您家里打来的。"

"啊？！"太一郎顿时变了脸色。

"怎么回事？又……？"

"是您母亲在听电话。"

"……"

"是我打过去的，"景子用紧张的声音继续说道，"我说我和太一郎先生到琵琶湖酒店来了，我还说，我们已经约好了准备结婚，希望他们原谅。"

太一郎感觉透不过气来，他盯着景子。

景子此刻说的话，毫无疑问，电话里的母亲也听到了。太一郎进入浴室后，关上了卧室门，又关上了浴室的门，再加上水声，听不见景子打电话的声音。原来极力劝说太一郎进浴室洗澡，是景子的计谋啊。

"太一郎！太一郎！在吗太一郎？"太一郎紧握的听筒里，传来母亲的呼喊声。

被太一郎盯视着的景子，反过来又盯着太一郎，眼睛一眨也不眨，她的眼睛里射出美丽的光，仿佛要将太一郎穿透似的。

"太一郎！太一郎不在吗？"

"我是太一郎，妈妈。"太一郎将听筒贴在耳朵上。

"太一郎，是太一郎吧？"母亲知道是太一郎，还是故意问道，随后，先前压低的声音突然高起来，"不许啊，不可以的！太一郎！"

"……"

"那个人，是个什么样的女孩，你是知道的对不对？你应该知道的，是吧？"

"……"

景子从身后抱住了太一郎，用脸颊将太一郎耳朵边的听筒推开，又用嘴唇堵住了太一郎的耳孔。

"妈妈……"景子几乎是喊着说道，"景子为什么给您打电话，妈妈您理解吗……？"

"太一郎，你在听吗？是谁在听电话？！"母亲问。

"是我呀。"太一郎躲开景子的嘴唇，将听筒贴到耳朵边。

"怎么回事？真不害臊！明明太一郎在电话旁边，却抢着来接电话……"母亲连珠炮似的发起飙来，"太一郎听着，马上回来！现在就离开酒店，回家来……她在偷听是吧？她听着也没关系，让她听着更好。太一郎，你跟她就是不行！那个人太可怕了，我太了解了，不会错。不要把我再折磨疯了，这次的话我一定会死的！不光是因为她是上野音子先生的弟子……"

太一郎听着电话，而景子的嘴唇就贴在他后脖颈上。景子在太一郎的耳朵后悄声说道：

"要不是上野音子先生的弟子，我也不可能见到太一郎先生呀。"

"那个人有毒！我怀疑，她是不是也想过勾引你父亲哪！"母亲继续说着。

"啊？！"太一郎"啊"了一声，但电话里几乎听不到。他回过头去看着景子的脸。景子将嘴唇贴在太一郎脖颈上，她的脸随太一郎头的转动也一起转动。太一郎心想，自己一边被景子吻着一边接听母亲的电话，这是对母亲的极大侮辱，可是，自己又不能挂断电话。

"回镰仓后再详细告诉您吧。"

"这就对了，你马上回来！你该不会是和她干了什么丑事吧？该不会打算和她一起住在酒店吧？"

"……"

"太一郎！"母亲失口叫了起来，"你好好看看她的眼睛，再想一想她说的话，她身为上野音子先生的弟子，却口口声声说要和太一郎结婚……你觉得这是怎么一回事？难道你不觉得这是那个恶魔一样的女人耍的鬼伎俩吗？也许她平常并不是恶魔，但是对我们一家人来说她就是个恶魔呀！妈妈非常清楚这一点，这不是我妄想出来的。对太一郎你的这次京都之行，我早就有种不祥的预感了，果然，她搞了这一出。你爸爸也感觉蹊跷，脸色都不对了。太一郎，你要是不回来，我和你爸爸我们就马上乘下一班飞机，到京都去找你去！"

"我知道了。"

"你知道什么了？"母亲非得要确认清楚，"马上回来是吧？真的回来是吧？"

"是。"

景子转身离去，走进里面的卧室，并且关上房门。

太一郎在窗前站立许久，望着窗户外的湖水。一架小型飞机机头朝下在湖面上方斜刺着低空飞去，大概是个空中游览项目吧。众多汽艇中，有的喷射起高高的水柱，在水面颠簸着争先恐后冲向前，还有的汽艇后面曳引着划水板前行，划水板上站立着的是位女游客。

泳池那边传来人声。朝下望去，客房窗户下方的草坪上，躺着三个身穿泳衣的年轻女子。她们选择的场所，不得不让人认为，就是为了给人透过客房窗户看到她们大胆的艳姿。

"太一郎先生，太一郎先生！"景子从卧室里招呼太一郎。太一郎推开门，只见景子只穿着件白色的泳衣。太一郎感到一阵窒息，慌忙将视线移开。景子稍呈小麦色的肌肤迸溢出耀眼的光。

"好美啊。"景子说着走向窗户，泳衣将她的后背全部暴露无遗。"还有那边山上的天空，多美！"

仿佛一把金刷子刷出来似的，山峰旁的天际齐刷刷地排列着一道道美丽的金线。

"那是比叡山吧？"太一郎问道。

"是比叡山。感觉那金光就像是刺向我们命运的长枪一样，所以我叫您过来看。和您母亲的电话……怎么说来着……？"景子回过头来看着太一郎，"我很想您母亲也到这儿来，还有您父亲……"

"你说什么哪！"

"是真的，我只是说出了实话而已。"

猛地，景子向太一郎身上靠过来。

"让他们来吧。我要下水去，到冷冰冰的水里去。哎，我们约好的对吧？还有乘汽艇，也是约好的对吧？从我去伊丹机场接您的时候起，我们就约定了的，对不对？"景子说着，几乎倒在太一郎身上。"您是要回去吗？您在电话里和您母亲说了您会回镰仓的是吗？那就岔开了呀，他们二位一定会到这里来的……也许您父亲不想来，可是您母亲一定会坚持要他来的。"

"景子小姐，你有没有勾引过我父亲？"

"勾引……？"景子将脸贴在太一郎的胸口上，并且在他胸口上来回蹭着，"我勾引过太一郎先生您了吗？我勾引过您了吗？"

太一郎用手轻抚着景子裸露的后背，说：

"不是我，是我父亲！不要把话岔开……"

"太一郎先生您也不要把话岔开……我在问您呢，我，勾引过您吗？难道太一郎先生只是觉得我在勾引你吗？"

"……"

"怀里抱着女孩儿，却问女孩儿有没有勾引自己的父亲，天底下有这样的男人吗？哪个女孩会碰上这样可悲的事情？"说着景子哭了起来，"太一郎先生您给我一个回答呀，我还不如淹死在这湖里呢……！"

景子的肩头在颤抖，太一郎抓住她的肩头。隔了一会儿，太一郎的手把玩着景子的泳衣肩带，并将它褪下，景子的半边乳房露出了一半。接着又将另一边的肩带也除去，景子的双乳翘挺着锋芒尽显。景子的身子有些踉跄。

"别，右边的不行！求求您，右边的真的不行……"

景子泪眼紧闭，不停地央告着。

景子用一块大浴巾裹住前胸和后背，从浴室走了出来。太一郎也和她一道，从大堂的边门走进酒店庭院。眼前高挺的树上，开着像芙蓉似的白花。太一郎只脱去西服外套、解掉了领带。

穿过面对琵琶湖的庭院，左右各有一个泳池，右边的位于草坪中央，里面尽是儿童，左边的泳池在草坪的一隅，略略高出草坪一些。

在左边泳池的围栏入口前，太一郎停住了脚步。

"您不进去吗？"

"不进去了，我就等在这儿吧。"由于景子十分引人注目，作为她同伴的太一郎下意识地踌躇不前了。

"噢？那我下去湿湿身体就上来。今年这是第一次下水呢，看看我还能不能游起来。"景子说。

靠草坪这侧的泳池岸边，植着几株垂柳和垂樱，它们稍稍隔开一点距离比肩而立。

太一郎在一棵古老朴树下的长椅上坐下来，朝泳池那边觑望着，但没有发现景子。过了一会儿，看到有个人站上了跳台，那个人正是景子。跳台不很高，景子站在上面做着跳水的姿势，在她身后是琵琶湖的湖面，湖的那一面则是连绵的远山。景子的身姿在湖和山的映衬下清晰地呈现在眼前。远山被包裹在烟霭之中，湖水的颜色渐暗，仿佛漂浮着一层似有若无的淡淡的桃色，帆船的船帆也开始染上了一抹薄暮的颜色。景子从跳台上跳下，激起一团水花。

从泳池出来的景子，又租了汽艇，邀太一郎一同登艇。

"眼看就傍晚了，明天再去怎么样？"太一郎说。

"明天……？您说明天？"景子眼睛里射出两道光来，"您可以待到明天？真的打算待到明天吗……？明天……谁也不知道天会怎么样，是不是？唉，我可以保证……汽艇驶到那边我们就返回。就希望那么一会儿的时间，我能和太一郎先生离开陆地，在水面上漂荡，我想直面命运的浪涛、劈开浪涛，在命运的浪涛之上自由漂荡！明天？明天见了我也要躲开！就今天吧！"景子说罢，抓起太一郎的手，"您看，湖上不是还有那么多汽艇和帆船吗？"

隔了三个小时之后。

上野音子从收音机中听到琵琶湖汽艇倾覆事故的报道，急急驾车赶到酒店时，景子安静地躺在床上。

从收音机中，音子还知道景子被湖上的帆船救起。

音子一边走向卧室，一边问陪同的酒店女服务员："还没醒过来？还在睡着？情况到底怎么样了？"

"是的，给她注射了镇静剂，正睡着呢。"女服务员答道。

"镇静剂……？这么说来，已经获救了是吧？"

"是啊，医生说不用担心。从帆船上搬上岸的时候，看上去像是死了，不过把她肚子里的水倒出来、做了人工呼吸之后，就苏醒过来了。她一个劲地叫着同伴的名字，发疯似的乱抓乱闹……"

"她的同伴怎么样了？"

"还是没有找到，已经全力找了好一会儿了……"

"还没有找到……？"音子声音颤抖着，她走到面向湖的窗户旁向外望去，酒店左面的一大片夜空下的湖面上，有很多亮着灯光的汽艇匆匆地穿梭来往。

"除了酒店的汽艇，附近许多汽艇也出动了，警察的船也出去寻找了，您看岸边还点了一堆堆的篝火，"女服务员说，"看情形估计是没救了吧……"

音子紧紧抓住窗边的窗帘。

也有些游览船好像不理会闪着不安的灯光四处移动的汽

艇，朝酒店这边的岸边靠近，船上还装饰着一串串的红色灯饰。对岸还有人燃放起焰火。

音子感到自己的膝盖在发抖，肩往下直到胸部也在哆嗦。游览船的灯饰在眼前晃动，她觉得自己的身子似乎也跟着摇晃起来。她脚跟站稳，转过身来。卧室的门开着，当她的视线扫到景子的床时，好像忘记了自己刚刚从那个卧室里出来似的，心急忙慌地回到景子的床边。

景子安静地躺着，呼吸很平稳。

音子反而有些不安，问服务员："让她就这样一直睡着不要紧吗？"

"不要紧的。"女服务员点头回答。

"什么时候能醒？"

"我也不知道。"

音子用手摸了摸景子的额头，顿时掌心有股冷冷的、湿湿黏黏的感觉。景子的脸上毫无血色，只有两颊隐约透着些红晕。

景子沾湿了的头发大概只草草擦了擦，此刻散乱地滑落在枕头上，黑黑的，似乎仍有些湿。唇缝之间微露美丽的牙齿，两只胳膊摊开在毛毯里。景子朝天仰卧着，她那稚气、天真无邪的睡容刺痛了音子的心，那睡容似乎在向音子告别，向人生告别。

音子正要伸手去摇醒景子，却听到隔壁外间有敲门声。

"来了！"女服务员应了一声出去开门。

大木年雄和妻子文子一起走进了房间。大木与音子四目相对，停下了脚步。

"是上野、上野先生吧？"文子开口问道，"是您吧？"

音子和文子是初次相见。

"是你让她杀死太一郎的吧？！"文子的声音很镇定，不带一点感情色彩。

音子的嘴唇动了动，但是没有说出话来，她一只手撑在景子躺着的床上支着身体。文子朝她跟前走来，音子蜷缩起肩膀像是要躲避她似的。

文子双手按住景子的胸口摇着，一边摇一边喊道："快起来！快起来！"文子双手动作越来越猛，景子的脑袋也一起跟着晃动起来。

"还不起来？还不起来？！"

"吃了药睡着了……"音子解释说，"一时半会醒不过来的。"

"我有话要问这个女人，是关于我儿子性命的事！"文子仍执意想把景子摇醒。

"待会儿再说吧。很多人都在帮着搜寻太一郎呢。"大木说着，拥紧文子的肩膀，将她推出了房间。

音子一边痛苦地呼吸，一边凝视着昏睡在床上的景子的睡容。景子的眼角流下了泪滴。

"景子！"

景子睁开眼睛，眼眶里闪着泪花，仰头望着音子。

...

从车窗望出去，
从北山至西山那连绵的小山丘，
有的映照在日光下，有的则背着日光，
照例呈现着它柔缓的山姿，
同时也透出京都冬日的寒寂。

朝着日光的山丘颜色看上去逐渐暗下来，
快要近黄昏了。

＊